橋元俊樹

歌事片々

熊日新書

歌事片々◇目次

歌事片々

（『稜』二〇〇六年七月号〜二〇一九年九月号）

彼是みてある記
（『熊本文化』二〇一三年一月号〜二〇一六年一月号）

歌事片々

（『稜』二〇〇六年七月号〜二〇一九年九月号）

鶏商百首

西子飼町に「岡野かしわ専門店」という鶏肉屋さんがある。この店の当主は岡野金太郎といったが、一昨年（二〇〇四年）の十月、七十五歳で亡くなった。この方は、二つのことで知る人ぞ知る存在だった。一つは市井の歌人として、もう一つは施設に鶏肉を届け続けた篤志家として。最晩年は闘病生活を送ったが、笑顔のやさしい本物のお人よしで、保護司や自治会長も務めた世話役さんだった。鶏肉の福祉施設への寄贈は、故人の遺志を継いだ奥様によって今も続けられ、熊本善意銀行によると、寄贈の回数は二〇〇六年四月末まで一二四五回に及ぶという。毎月二回、十キロの鶏肉が老健施設や障がい者施設に届けられている。

岡野さんは、中央結社の『地中海』や地元の『南風』によって短歌を発表してきたが、この人が歌人として世に知られたのは荒木精之主宰の『日本談義』二五〇号（昭和四十六年九月）に「鶏商百首」が掲載されてからである。この一連の歌群は鶏商岡野金太郎の哀切を伝えて凄まじいが、百首を作らせた編集者荒木の慧眼にも驚く。以下に百首中の五首を引く。

○鶏買いのわが影みたる囲ひ鶏誹謗するがに一斉に啼く
○殺すのも売るのも嫌だと子らは抱く鶏商われの業を憎しみ
○鶏などに生まれくるなと言ひにつつ羽交にしゆく殺剥のとき
○スーチンの絵のごと揺れて宙吊に裸鶏きびしく店頭にあり
○殺剥の血潮と脂とび散りし眼鏡洗ひてひと日を終る

お人好しの金太郎さんの面の顕つ岡野かしわ店の前過ぐる度

歌の出来る道

私はほぼ週に一回は、暇を見つけては県立美術館の分館、伝統工芸館に出かける。勤め先から歩いて行けるからではあるが、たいていどちらかで開かれている個展やグループ展のご案内をいただくからである。片道十分足らずの道のりだが、最近、この道すがらに見たものを歌にしていることが多いのに気付いた。道順をいうと会社を出て、まず坪井橋を渡る。右折して坪井川沿いに歩き、さらに六工橋で右折して藤園中の横を過ぎればもう分館である。余談だが、六工橋は戦前、工兵六大隊が架けたからこの名になったと思い込んでいたが、近くに第六工兵隊の兵舎があったからだと知った。

今まで作った歌をこの道に当てはめると、まず、坪井橋から川を覗き込んだもの、橋の欄干に触れた歌があり、藤園中の前庭の桜を詠んだ歌がかなりある。というのも、ここの桜はソメイヨシノとチハラザクラが交互に植えてあるという特徴があって、満開の時期が違うのが面白い。川には五位鷺や小鷺がいるし、鯉も泳いでいる。わき道に入ると中学校の校庭が見え、トロンボーンの間延びした音が聞こえてきたりする。人気のないプールと校内放送を詠んだこともある。手前の溝川は4月になると花独活の群落ができ、これは何度も歌にした。

と、改めて書き出してみると、この〝散歩道〟は私にとって貴重な「歌材の道」であると言わざるを得ない。このことは、日常それほど自然と触れ合うチャンスが少ないことを物語るものでもあるのだが。

溝川の岸辺に生ふる花独活の群落白きレース広ぐる

番所の彼岸花

彼岸花は咲くというより立つといった方がふさわしい気がする。ある日突然にょっきり生えて花をつける。その彼岸花が立った。早く「番所」に行かなくてはと、二十四日に出かけて来た。「番所」とは旧菊鹿町（現山鹿市）にある村落の名前で、棚田の畦一面に彼岸花を植えていることで知られている。昨年（二〇〇五年）初めて行ったのだが、その圧倒的な赤の絨緞に息を呑んだ。また、黄金色の稲と彼岸花の紅色のコントラストも素晴らしかった。ただ、時期が少し遅れていたのか、色あせた花が目立ったので、来年は早めに来ようと思ったのだった。

まず驚かされたのは、見物人の多さだった。昨年は車が十台くらいだったのが、今年は五十台をくだらない数であった。駐車場が在るわけがないので、みんな道端に止めている。棚田の下から上まで車の列である。もちろん彼岸花は昨年にまして見事であった。番所に行くには県道三七号熊本―菊鹿線を通るが、この道沿いは彼岸花が結構立っている。近くは南野々島あたりから目立つようになり、旧七城町を過ぎてあんずの丘近くになると道の両側に延々と朱の帯が続く。県道九号沿いにも多い。そして仕上げが番所の棚田というわけだ。

今年は幼い子も連れて行ったので、見物の後弁当にしようと思ったが、木陰もないし、第一飲み物一つ売っているわけではない。（そこがいいところでもあるのだが）

そこで一本松公園に寄った。ここは木陰もあり、風も気持ちよかった。その風で石の風車が回っていた。

彼岸花立つを見たればいざゆかん朱に染まれる番所の棚田へ

○○日和

今度の芥川賞は青山七恵という二十三歳の女性が書いた「ひとり日和」という作品だ。二十歳のフリーターの女性が遠縁のおばあさんの家に下宿したほぼ一年の日常を淡々と、しかし濃密に描いている。京王線の笹塚の次にある駅の裏の、駅のホームが見える古い家にやってくる春から話は始まる。おばあさんの吟子さんには、ダンス仲間のボーイフレンドが居て仲良くしてるのに、主人公の知寿はこの一年の間に二人の恋人に去られてしまう。二人目の彼氏に振られて、彼女はフリーターを辞めてＯＬになり、独身寮に入る、そして久しぶりに京王線に乗っておばあさんの家を見に行く…。平凡な二人の日常を描いた作品だが、ついつい引き込まれて読んでしまうといった作品だった。

村上春樹の短編に「カンガルー日和」という作品がある。まだ子供のいない若夫婦が、動物園にカンガルーの赤ちゃんを見に行く話だ。彼らは、一カ月ほど前にカンガルーに赤ちゃんが生まれたのを新聞で読んで、見に行こうと思いながら何やかやで一カ月もたってしまい、その月曜日に出かけてきたのだった。赤ちゃんカンガルーは、お母さんのおなかから出て、飛び跳ねていて、細君をがっかりさせる。しかし、そのうちに母親のおなかに入って若夫婦を喜ばせるというようなたわいない話だが、アップダイクや彼が翻訳しているレイモンド・カーヴァーの短編にあるような味わいのある好短編である。もっとも、「カンガルー日和」というのは、彼が二軒目に開くつもりだった飲み屋の名前に考えていたものだそうで（一軒目は以前飼っていた猫の名をつけていた）作家になってしまって店を開くこともなくなったので小説の題にしたらしい。

アメリカの短編小説を一つあげるとするなら、サリンジャーの「バナナフィッシュ日和」（「バナナフィッシュに最良の日」という訳もある）だろう。戦争の後遺症で精神に異常をきたした若者が、マイアミの海岸で四歳の少女シビルと遊びながら、「今日はバナナフィッシュ日和だ」と話しかける。「彼らはバナナのたくさんある穴の中に入ってゆく。泳いでいるときは普通の魚だが、穴に入るとバナナを何本も食らって豚みたいになり、穴から出てこれなくなる」間もなくしてシビルが、バナナを六本もくわえたバナナフィッシュを見たという。興ざめした若者はホテルの部屋に戻り、寝ている妻（短編の前半は夫の精神状態を心配してニューヨークから電話してきた彼女の母親と彼女のやり取りに終始している）の隣で拳銃をこめかみに当てて自殺する。実話に基づいた創作というが、一度読んだら忘れられない短編の名作である。

このところ異常気象の「春日和」梅はや盛りコート手に行く

桜のうた

桜を歌った歌といえば、『さくら、さくら』が一番だが、次に思い出すのは「春のうららの」の『花』（武島羽衣作詞、滝廉太郎作曲）だろう。ところがこの歌は桜を歌いながら「桜」という語は一度も出て来ない。一番は「春のうららの隅田川　上り下りの船人が櫂のしずくも花と散る　眺めをなにたとうべき」。船を漕ぐ櫂のしずくも花のように（とともに）散る、で実際に散っているのは水しぶきである。しかし、「何にたとえようもない眺め」は、「隅田川を上り下りする船」ではない。隅田川の岸に咲き誇っている桜のことである。その理由は「上り下りの船人」が乗っているのは花見船で、眺めているのは桜だからだ。二番に「錦織なす長堤に　暮るれば上る朧月」とやっと桜の名所の向島土手の「墨堤」が「桜で錦を織ったような長い土手」として歌われる。墨堤の桜は八代将軍吉宗が植えさせたと伝えられるが、現在はソメイヨシノだそうだ。もちろん、現在も花の季節には花見船が出る。

次に思い浮かぶのは、やはり滝廉太郎が曲をつけた『荒城の月』（土井晩翠作詞）

だろう。「春高楼の花の宴　めぐる盃影さして」。高殿での花見を歌っているが、それは現実ではなく、「昔の光今いずこ」で分かるように、過去の栄華の思い出である。いわば幻の桜を歌っているのだ。それは、三番の「今荒城の夜半の月　変わらぬ光誰がためぞ　垣に残るはただ葛　松に歌うはただ嵐」で種明かししている。

短歌で桜の歌といえばまず百人一首のこの歌「高砂の尾上の桜咲きにけり外山の霞たたずもあらなむ」が浮かんだ。そして、西行の「願はくは花のしたにて春死なんそのきさらぎの望月のころ」。この歌は辞世ではないが、彼はその希望通り二月十六日になくなった。明るい歌をあげれば前田夕暮の「木に花咲き君わが妻とならむ日の四月のなかなか遠くもあるかな」だろう。青年の希望に満ちた喜びが素直に詠まれている。もう一首あげるなら与謝野晶子のこの歌「清水へ祇園をよぎる桜月夜こよひ逢ふひとみなうつくしき」

名歌と並べるのは気が引けるが、恒例なので愚作を一首

花に由る想ひ尽きぬと桜見る咲き初むころも散りゆくときも

旧伊藤伝右衛門邸

柳原白蓮が輿入れした伊藤伝右衛門の屋敷の公開が四月二十八日から始まったのでワサモンよろしく飯塚市まで見に行ってきた。伊藤伝右衛門は飯塚の石炭王、五十二歳のとき後添えに大正天皇の従妹に当たる柳原白蓮を娶ったことで知られる。このとき、白蓮は二十五歳。彼女は十四で、北小路子爵の息子に嫁ぐが、相手が知的障がい者だったため実家に引き取られた、いわば出戻りであった。その後、東洋英和に学び、佐佐木信綱の「心の花」に入会して歌作りをはじめた。伝右衛門との結婚は、名門の家柄を欲した伊藤家と、貴族院議員出馬の資金が欲しかった白蓮の兄の思惑が一致したためといわれている。十年後白蓮は、七歳年下の宮崎隆介と出奔するのだが、その間住んでいた旧伊藤邸が、飯塚市によって買い取られ、今回、改装・公開された。

二三〇〇坪の敷地に延べ三〇〇坪の屋敷が建っている。明治三十年代後半に建てられた和風建築だが、応接間には英国風のマントルピースがあり、窓にはステンドグラスがはめ込まれていた。公開二日目の二十九日に行ったのだが、予想以上の賑わいで、入場するまで約一時間待たされた。（後で、電話で聞いたら有料入場者は、二十八日が一三一三人、二十九日三三七二人、三十日二九三五人だということだった）

屋敷は白蓮の嫁入りのために、大正二年に増築されている。その主なものは、白蓮専用の客間と居室、それに当時には珍しい水洗トイレである。白蓮の居室は二階にあり、広い回遊式庭園が見渡せる。彼女はこの部屋には誰も入れず、歌作りなどで過ごしたという。部屋には、白蓮の自筆の短歌の色紙が何枚かかっていたが、歌も字もそれほどのものとは思われなかった。庭には池があり、太鼓橋が架かっていた。また棕櫚の木の柱と棕櫚の葉で葺いた東屋もあった。ちょうどツツジが満開だった。

入り口に「旧伊藤伝右衛門邸」という真新しい表札がかかっていたが、これは同じ炭鉱王の末裔の麻生外務大臣の揮毫だった。もう一つ驚いたのは、邸の公開と時を同じくして、すぐ近くに折尾の有名なかしわ飯弁当屋が、ドライブスルーつきの店をオープンさせたことだ。私が行った日も飛ぶように売れていた。

二階家と水洗便所を建て増せしと香《かぐはし》き白蓮迎えんがため

ジヴェルニー

パリ在住三年目の息子から「先日、やっとジヴェルニーに行って来ました」というメールが来た。「ジヴェルニー?・」はてどこの、なんだろうと思って読むとモネの睡蓮の庭のことだった。パリの北方ルーアン近くにある、モネが晩年を過ごした家とその庭園のある村の名前がジヴェルニーであった。日本趣味のモネは蓮池に日本の太鼓橋を架けたこともよく知られている。

モネがジヴェルニーに引っ越したのは一八八三年。引っ越すと同時に庭作りを始めたという。「花のおかげで画家になれた」と話していたモネならではのことだ。モネ没後四十年、庭は遺言により、遺族からフランス芸術アカデミーに寄付された。アカデミーは荒れ放題の庭を四年かけて修復し、一九八〇年から一般公開を始めた。最近では、フランスの観光名所の一つとなり、特に日本人とアメリカ人の観光客がよく訪れるという。

これらのことは、南川三治郎という写真家の『モネの庭へ』という写真集で知った。

そしてさらに嬉しかったのは、モネの才能を発見し、大画伯への道筋をつけたのが、私の好きなウジェーヌ・ブーダン（十九世紀のフランスの画家・外光派、空と雲を描くのが巧みで〝空の王者〟と呼ばれた）だったことだ。「私はブーダンの度重なる説得に根負けして、一緒に戸外で制作することにした。そして、ある日目からうろこが落ちた。絵画とは何であるかを理解したのだ。私が画家になったのはまったく、ウジェーヌ・ブーダンのおかげだ」とモネは手紙に書いているという。

モネの庭は睡蓮のある池の庭だと思っていたが、池に隣接して「ノルマンディ囲い庭園」と呼ばれる広大な庭園があり、そこには花壇やバラのアーチがあるほか、大きな八重桜の木もあるという。もともとはこの「花の庭園」が先に作られ、その後土地を買い足し、セーヌ支流のエプト川から水を引いて「睡蓮の庭」が出来たのだという。睡蓮と太鼓橋の上にある藤棚が見所と思っていたから、初夏に行くのがいいと思っていたが、この桜も見たい気になった。といっても、果たして、ジヴェルニーに行く機会が私に与えられるだろうか。

ブーダンの描きしに似るけふの空海遠き河の橋渡りゆく

五足の靴顕彰短歌大会

この三年ほど、天草市で開かれている「五足の靴顕彰全国短歌大会」に参加している。三年前、応募歌が塚本諄さん選の地賞に入ったのがきっかけだった。この短歌大会は、天草町教育長だった濱名志松氏が昭和五十九年に始めたもので、今年（二〇〇七年）で二十二回目。しかも今年は与謝野鉄幹ら五足の靴の一行がやってきてから百年という節目の年だった。近年は各地で有名歌人を顕彰する短歌大会が開かれているが、二十年以上の歴史を持つのは珍しい。

この大会の特徴は、前日に五足の靴の足跡をたどる史跡めぐりがあり、（このバスによる見学会には詰襟服で白秋ら五人に扮した役場職員が毎年案内役を務めているのがご愛嬌である）そこで詠んだ即詠を翌日の短歌大会の席の最後に表彰することだろう。即詠は毎年五作品が選ばれるのだが、なぜか私の作品は三年連続で選ばれた。これには、選者の濱名先生の〝ひいき〟も十分入っていると私は密かに思っている。

一昨年は「江蘇省よりと晶子が詠みし十三佛いまし台風の余波の風吹く」という歌が入った。この歌は十三佛で与謝野晶子が詠んだ「天草の西高浜のしろき磯江蘇省より秋風ぞ吹く」（十三佛にはこの歌の歌碑が建っている）を本歌にしたもので、この日は台風の余波が強かった。今年の大会で、本歌取りを作るときは、季節や趣向を変えて新しい趣にしなければならないと、小島ゆかりさんから教わったが、その伝でいけば、これは失敗作である。昨年は、逆に海は凪いでいたので「鬼界ケ浦の奇岩に寄する波低し夏の終はりの凪げる夕海」と詠んだのが入選した。この作品はまあまあの出来か。

さて、今年である。この大会はいつも八月の末にあるが、私はせっかく天草西海岸に行くのだからと毎年、水着を持っていく。しかし前の二年は泳げるような日和ではなかった。（それでも、一年目は数分間は海に入った）ところが、今年はまだ夏の日差しだった。勇躍、水着に着替え、白鶴浜へ出かけた。浜辺には先客があった。それも、すらりとした外国人の若い女性が砂浜で肌を焼いているではないか。この金髪の美女を横目に、今年二回目の海水浴を楽しんだのであった。今年も次の歌が入選したが、これは、まさしく、「金髪の美女」という素材のおかげである。

去年《きぞ》は海に人影なかりし白鶴浜今度《こたび》は金髪の美女が臥しをり

短歌と絵画

先日、県歌人協会の総会でシンポジウムの司会をおおせつかった。タイトルは「写実の歌、これからの歌」で、短歌の基本は写生にあるとの趣旨で松下代表をはじめ、三人の歌誌主宰が、それぞれに写生や写実について意見を述べた。「写実は対象を凝視することから始まる」「写生はアララギの歌人にとっては手法というより理念に近いものだった」「ただ写すだけではなく、詩的な直感に裏打ちされていなければならない」「写実にも情（湧き上がる心）が必要。景八分、情二分が良い」「景色が見えるように詠みたい」など、説得力のあるものが多かった。

コーディネーターをつとめながら、私が思っていたのは、歌の写実も絵画に例えれば分かりやすいということだった。「歌もデッサンと同じで、描写力が大事だ」と言う意見があったが、もっと具体的に細かく言えばさらに分かりやすくなる。

例えば、輪郭はそれなりに整っていても、線がべたっとして勢いやメリハリがないと絵の魅力は損なわれる。歌の場合も同様で、線に当たるのが、語彙やリズムで、独自性のある言葉やそれなりの調べがなければ、歌は光らない。一見、上手に過不足なく描かれてはいるが、なぜか魅力がないという絵は、平板でポイントがないか、だらだらと書き込み過ぎてしまっているかである。歌の中心となる言葉や情景（出来事）が必要だし、省略したことによる余韻で却って歌が引き立つ場合がある。

写実は絵にとっても歌にとっても基本ではあるが、漫然と写していては、個性的な作品は出来ない。どこかでみたような歌や絵になってしまう。特に歌は歴史が長いので、写生の歌には類歌が多い。ではどうするか、絵の場合は、筆致を工夫して（点描とか厚塗り、あるいはコラージュで）マチエールを変える。この工夫を歌で言えば、比喩（直喩や暗喩）を使ったり、会話や口語を入れてみることに当たるだろう。
筆致というのは技術ではなく、その画家が本来持っているセンスだと思う。歌の場合は「言葉の恩寵」。言葉をたくさん持っているだけでなく、その場にふさわしい言葉が肝心のときにひらめくかどうか、ということだろうか。

セザンヌの静物のごとき安穏を欲る齢となり林檎買ひくる

歌集を出版して

一月末に、待望だった歌集を出版した。私は中学二年のときに作歌を始めた。途中何度も長い中断があったが、六十近くなって「稜」に加えてもらってからは欠詠もなく、継続して歌を詠んでいる。歌集は「橋の眺め」というタイトルにした。最近詠んだ「遠景に立田山ある橋よりの眺めはわれの原風景なり」にちなんだものだが、大甲橋から白川の上流を眺めた景色は、幼い頃から私を魅了してきた懐かしい風景である。

数百冊を歌の仲間や知人、友人に送ったので、お礼や感想を記した手紙や葉書をたくさん頂いた（過分なお祝儀やお酒なども頂戴して恐縮した）。それらを読みながら、感動の根底にあるのは共感であることを、強く感じている。日ごろから、歌は、独りよがりでなく、共感を呼ぶ作品を作るべしというのが自論なのだが、まさにそれを証明する反応におどろいている。

以前、先輩の女流歌人の歌集の感想を書き送ったことがあるが、それに対して彼女が述べた言葉をよく覚えている。「選んでくださる歌は、人によってそれぞれ違うのよね」。読者がそれぞれに共感した歌を選ぶので、必ずしもみんながいわゆる秀歌を選ぶのではない。私も、選んでもらった歌を見ながら同じ思いを味わった。

共感は、年齢、性別はもちろんその人の境涯、考えを強く反映している。友人は、同性の同年配の人が多いので、共感する歌はある程度一致する。一番多く選んでもらった歌は、次の一首だった。

「父たらむ男たらむと生きて来し重き外套に袖通しゐて」

返事の中で、一つだけ予想外のことがあった。中学のクラスメートが、中学時代に私が作った歌を覚えていてくれたことである。しかも二人が。もちろん歌集には載せていない歌で、私も言われて思い出したほどであった。

その歌は「いつの間に疎くなりしかわが心友の死にさえ心動かじ」という歌で、中学三年のとき、隣のクラスの生徒（小学校では同じクラスだった）が急死したとき、その知らせに涙を流さなかった自分を恥じて作ったものだった。担任の国語の先生が、この歌を授業中に取り上げられたので、クラスの者は当時は知っていたが、五十年後まで覚えていてくれたのには、作者である私の方が驚いた次第である。

それはともかく、歌集出版を機に古い友人と旧交を温めることが出来たのは何よりのことであった。

雪の浄瑠璃寺

二月の三連休に、以前から行きたいと思っていた浄瑠璃寺に行ってきた。大学時代に一年先輩に堀辰雄の好きな人がいた。ずいぶん前に亡くなったが、この人からこの寺院を教えてもらい、「浄瑠璃寺の春」も読んだ。この寒い時期にと思わないではなかったが、思い切って出かけたご褒美か、思いがけない雪の中の寺院を拝観できた。

浄瑠璃寺は先に書いたように堀辰雄の短編「浄瑠璃寺の春」で知られているが、九体の阿弥陀如来を祀る真言律宗の寺院で、九体寺《くたいじ》の別名でも知られている。中央の宝池を挟んで、東（東方浄土）に三重の塔、西に九体仏を納めた本堂（阿弥陀堂）がある。藤原時代の浄土式伽藍とよばれるもので、本堂は西方浄土を表している。

訪れた日は、前日の雪がやみ、薄日の差す絶好の日和だった。池の周り、中ノ島、本堂の屋根に雪が積もり、宝池越しに見る彼岸の阿弥陀堂は、まさに清らかな西方浄土そのものであった。この寺は、本堂に入るときだけ拝観料を取る仕組みになっているので、昼食のあともう一度庭に入って池の周りをゆっくり一周することができた。

その前に、岩船寺《がんせんじ》へも行った。観光案内などでは、浄瑠璃寺とセットになっており、路線バスは岩船寺経由で浄瑠璃寺に行く。こちらはもう少しこぢんまりした寺だが、修復されたばかりの朱塗りの三重の塔が美しく雪に映えていた。雪が積もったのは十一年ぶりとかで、三重の塔の雪景色を撮るために十人ほどのカメラマンが狭い境内に陣取っていた。街中の寺院にない素朴で静謐な味わいを堪能した一日であった。昔、堀辰雄がこの寺を訪れたときには山門の入り口をうっかり通りすぎようとしたというが、現在は大きな道路標識があり、土産物屋や蕎麦屋があった。秋のシーズンにはかなりの人がやってくるとタクシーの運転手さんは話していた。

浄瑠璃寺へ行く前日、雪の降りしきる中を、西の京の薬師寺と唐招提寺を回った。唐招提寺は肝心の金堂が修復工事中で、また、これは行く前から分かっていたことではあるが、両方の寺にある障壁画（薬師寺は平山郁夫、唐招提寺は東山魁夷）は非公開の時期にあたっていて拝観できなかった。これらが今回の旅の心残りであった。

東塔のか黒き屋根にも西塔の丹の庇にも雪降りしきる

還暦の初句集

「阿蘇」主宰の岩岡中正さんから、句集『春雪』をいただいた。当然、第三か第四句集と思ったらなんと初句集だという。この方は、二十歳から句作を始めておられ、四十年の句歴がある。しかも俳誌の主宰をしているほどなのに、還暦記念の第一句集とは恐れ入った。もっとも、熊本には九十にして初句集をだした後藤是山という大御所もおられたから、驚くには値しないのかも知れない。ただ、四十年の句歴があるのに、載せているのは、この十年の句だけである。その思い切りの良さにもびっくりした。私は、先ごろ初歌集を出したが、若い頃の作品も当然のように収録した。

俳句については門外漢だが、一読、おおらかで柔らかな句が多い句集であると思った。お人柄を反映している故だろう。句集を読んでいるうちに、対句になった作品が多いのに気づいた。「叶ふこと叶はざること冬に入る」「しづかなる木も賑やかな木も桜」「虚子丸顔水竹居面長春の風」というような対句的修辞法の作品は、俳句では珍しくない。

私が、着目したのは次に掲げるような句全体が対句になった作品である。
○こんく〳〵と水しんく〳〵と蟬時雨
○紅梅は語り白梅聴いてゐる
○よろこべる落花とさびしめる落花
○人生の重さと甘夏の重さ
○まぶたには春日まなうらには故人
○囀は降るもの風は湧けるもの
五七五のリズムになってはいるが破調である。そして大胆な比較というのが特徴である。数えたら、九句ほどこの種の句があった。これは、この方の特徴的な句作法であろう。

短歌にも応用できないかと思ったりもした。

最後に私の好きな句をいくつか挙げる。
○山枯れてみな青空にしたがへり
○秋日傘すこし待たせてしまひけり

○花散るや空に葬りのあるごとく
○両生類となるまで子らの泳ぎけり
○口ほどになき台風でありにけり
○靴はもの思ふかたちに梅雨深し

大観峰

昨秋、二度続けて大観峰へ行く機会があった。もう何年も行っていなかったのに、一度行くと続けて行くことになるから面白いものだ。一度目は九月で、文化懇話会環境文化部会による阿蘇原野の野の花の探勝会、二度目は十月末、大学のクラス会のオプションの黒川温泉行きの途中、四国から車で来たクラスメートを案内した。

花野を歩くというのは初めてで、カワラナデシコやユウスゲは知っていたが、ヤツシロソウ、自生のヒゴタイは初めて見た。阿蘇の人々は、これらの野草を今も「盆花」として手向けるのだという。案内してくださった高校の先生の話で分かったのだが、花野は、原野の草を刈ることで保たれているのだそうだ。野焼きが草原を守ってきたというのは聞いていたが、野焼きでは草原は維持できるが、草刈りをやめると、カヤのヤブになってしまい、野の花は失われるという。大観峰では野の花はあまり見かけなかったので、もっぱら眺望を楽しんだ。

その後のことでもあり、友人に阿蘇のパノラマを見せようと、黒川へ行く途中に大観峰に寄ったのだった。彼らは中岳の火口は登った経験があるが、ここは初めてだった。外輪山とカルデラが一望でき、阿蘇の草原の広さも実感したらしく「火口見物よりこっちの景色見た方がええのんと違うか」と好評だった。

ここには当然、「大観峰」の碑が立っているが、すぐ近くに「遠見ケ鼻」の碑も建っている。さらには吉井勇の「大阿蘇の山の煙はおもしろし空にのぼりて夏雲となる」という歌碑もある。

「遠見ケ鼻」の碑を建てたのは阿蘇の自然と文化を愛する会という団体で、碑文の揮毫者は細川護熙元熊本県知事である。ここは、阿蘇八鼻と呼ばれる「鼻」の中でも最大の鼻で、もともと「遠見ケ鼻」だったのを、徳富蘇峰に頼んで、新たに「大観峰」と命名してもらったといういきさつがある。それ以来「大観峰」が正式名称になっているのだが、あえて昔の名前の碑を建てたところを見ると、それがお気に召さない面々が、反骨精神で建てたものと思われる。元知事さんはそれに乗ったということか。

名前で揉めて、碑が二つあると言うのは、議論倒れの肥後熊本らしい話だが、名前はともかく、この「鼻」は阿蘇観光のスポットとしてもっと売り出す必要があるのでは。黒川行きの定期バスをここで止めて見学させるぐらいのことをしてもいいのではないか、と思ったりしている。

神となり緑《あを》き山肌蹴てもみん久々に来し大観峰に

家族葬

九十二歳の母が亡くなった。三月末から、食べ物を飲み込むことができなくなり、絶食三週間のあと、天寿を全うした。九十を超え、友人・知人もほとんど亡くなっているので、この際、家族だけで送る家族葬にしようと決め、「〇〇家」の代わりに「家族葬」の順路板を出している小さな葬儀社に頼むことにした。

たまたま、母が亡くなったその日に、友人の母親の葬儀があり、仮通夜まで時間があるので参列した。友人はまだ現役の公立病院院長なので、大きな葬儀場での式で、おそらく三百人以上の参列者と見受けた。彼は、父親を早く亡くしており、母親に立派な葬儀を出そうと思ったのは理解できた。式では、祖父や父の後を継いで医者になったお孫さんのお別れの言葉と女のお孫さんのバイオリン演奏があり、和やかで盛大なお式だった。その一隅に座しながら、家族葬は少し寂しいかなとも思ったが、小さい葬儀には小さいなりの良さがあるだろうと自分を慰めていた。母の式では、五年前に亡くなった妹が母の還暦のときに書いた文章と、現在アメリカにいる、母には孫になる私の長女がメールで送ってきた「お別れのことば」の二つの文を惜別の言葉として葬儀社の人に読んでもらうことにしていた。葬儀に参列できない人の文章を使うというのがミソである。

自宅での本通夜は東京の長男一家五人が駆けつけて二十人足らずではあったが、それなりに賑やかなものとなった。翌日市営の火葬場でだびにふした後、午後から葬式となった。親類以外には通知しなかったのだが、ご近所の方、母が入所していた老人施設の方を含めて、三十人を超える方に参列していただき、小さいながらも中味の濃い式になった。

式自体は四十分で終わったのだが、惜別のことばの朗読も見事で、式の前後にお茶のサービスもあり、式場の壁に貼られた母の写真や、記念品なども見てもらった。祭壇をはじめ、会場の雰囲気もなかなかよく、アットホームで和やかな中でのお葬式だった。最後のお礼の挨拶をしながら、家族葬にしてよかったとしみじみ思ったことであった。

六十首の小歌集のみとふ悔いあれど身内のみにて送る清しさ

アメリカは〝大きい〟

娘一家が米国に移り住んでやがて一年になる。六月中旬から小学校が夏休みになるというので、その機会にということで、三週間ほど出かけて来た。ニューヨークやワシントンの見物はしたが、それ以外はペンシルベニアの娘宅ですごしたので、アメリカの日常生活を体験することが出来た。アメリカの印象をひとことでいえば「大きい」である。

娘たちが借りている家は、三年前に開発された建売団地にあり、二戸が棟続きになった中級の部類の家だった。それでも寝室、風呂、ガレージは二つずつあり、トイレは三カ所あった。娘は東京のマンションとのあまりの違いに「日本に帰るときはこの広さを持って行きたい」と冗談でなく言っていた。

ウェグマンズやウォルマートというスーパーにもよく行った。外見は「ゆめタウン」や「イオンモール」とそう変わりない（といっても二階はない）が、駐車場の広さが半端ではない。アメリカには軽がないので、普通車以上なのにバックで駐車する人は皆無、皆頭から突っ込んで止めている。それとショッピングカートの大きさ。日本のものの倍以上。買い物中に何度もぶつかった。

次に大きいと思ったのは、アメリカ人の大きさである。背が高いのはもちろんだが、横幅がこれまた大きい。簡単にいうと、肥満である。それを特に感じたのはワシントンでだった。名所を回る乗り降り自由のバスに乗ったが、乗ってくる人、乗ってくる人が程度の差はあれ、肥満体である。なかには映画「ギルバート・グレイプ」の母親になった女性なみの超肥満も見かけた。

アメリカのものはみな大きいという思い込みのせいで、フィリーズの球場でお土産にTシャツを買う時、間違って子供用のMを買ってしまい、仕方なく息子の嫁さんら女性への土産に化けた。

美術館は「メトロポリタン」と「MOMA（ニューヨーク近代美術館）」そしてワ

シントンの「ナショナル・ギャラリー（国立美術館）」を見た。中でも国立美術館が一番だった。展示作品はともかく、静かで清潔。地下の食堂、メトロポリタンはテーブルを探すのに苦労するほど混雑していたが、こちらは広くて静かだった。メトロポリタンの入場料はシニア割引で十五ドル、国立はただである。

メタボ怖づる日本人のいぢましき肥満《デブ》が主流の合衆国《アメリカ》に来て

伊藤若冲を見る

大学時代のクラス会で滋賀へ行ったついでに、甲賀市にあるMIHO MUSEUMで「若冲ワンダーランド」という展示会を見てきた。目玉は昨年（二〇〇八年）再発見された象と鯨の屏風絵である。

若冲を初めて見たのは、四年前、やはりクラス会で奈良に出かけた時で島田美術館館長の島田真祐君（彼は早大国文の級友である）と行った京都の平安神宮近くの小さな美術館でである。小品ばかりだったが、若冲らしい、一般の日本画にはない独特な味わいを新鮮に感じた。翌年の夏、プライスコレクションの「若冲と江戸絵画」が東博に来たので、勇んで見に行き、若冲にすっかり魅了された。

今回の滋賀行きも島田君と一緒だったので、出かける時から、若冲展に行くことを決めていた。それで、最後の石山寺をカットして、我々だけ（女性二人が加えて欲しいというので総勢四人）別行動をとった。

ＭＩＨＯ ＭＵＳＥＵＭというのは、宗教団体が経営していて、山の中に忽然とある壮大な建物に先ず驚かされた。設計者はルーブルの、ガラスのピラミッドを作ったＩ・Ｍ・ペイという中国系アメリカ人。本館から展示館に行くには電気自動車に乗り、数百メートルのトンネルをくぐらなければならない仕組みになっていた。

さて問題の象と鯨の絵である。解説によると、この屏風は若冲八十の時の作品で、もう一つ同じような屏風絵を同じ頃に描いているという。若冲は八十五歳で没しているから、最晩年の作品である。くるりと尻尾を巻いた愛らしい白い象、鯨は噴水のように潮を吹いている黒い胴体を波間に沈めている。当時の日本画の常識からすると異端も異端、エキゾチックな作品であった。今回は墨絵が多かったが、寒山拾得や山水にも若冲らしい面白さがあふれていた。

若冲は、青物問屋の長男だったのに絵が好きで、商売は弟にまかせ、自分は絵に熱中した、いわゆる絵画オタクとみられていたが、最近の研究で、帯屋町の年寄役を務めていた若冲が、青物市場の許認可を巡って奉行所と懸命のやり取りをしていたことがわかったのだという。

たっぷりと近江といふをめぐりけり古希の級友二十余人と

ある歌集評

最近、久しぶりに快哉を叫びたくなるような歌論に出会ったので紹介したい。それは、歌誌『綱手』(昭和六十三年、田井安曇創刊)一月号に書かれた河野裕子歌集『母系』の歌集評である。伊吹礼子という方が書いたもので、タイトルは「怪訝に思うのは私だけか」で、この歌集が今年度(二〇〇九年)の迢空賞を受賞したことに大いなる疑問を投げかけている。

その理由として「をんなの人に生まれて来たことは良かつたよ子供やあなたにミルク温める」「美しく齢を取りたいと言ふ人をアホかと思ひ寝るまへも思ふ」などの歌を選者が評価しているのを疑問に思い、歌集を読み直した結果、その思いはますます強くなったという。

「一体に河野さんの歌というのは、なにもかもが開けっ広げで感情過多。そして自己陶酔・自己憐憫型の作が多くかつては『ブラウスの中まで明るき初夏の日にけぶれるごときわが乳房あり』などの感性あふれる自由奔放な歌や、深々とした広がりのある歌も歌ってはいましたが、今回のこの『母系』ではどこを探しても、これに匹敵する作品を見つけることは出来ません」とし、作者の感性、感覚が変化、深化をしていず、女性の生理にだけ頼った日記風の歌が多いと述べ、次のような作品を引いている。

○このひとはだんだん子供のやうになるパンツ一枚で西瓜食ひゐる
○どこだつた　高い階段をのぼりつつ貧血おこしてこけたのだつた
○居酒屋であなたと飲んだ日のことを酔つ払いのあたま忘れてしまふ

また、自己陶酔型の歌の例として

○栓抜きがうまく使へずあなたあなたと一人しか居ない家族を呼べり
○わたしはいい子だつたでせう　いい子でしたよ　額をあてて私が訊けば

などを挙げている。結論的に葛原妙子の「感覚は理念と共に年齢を加えるにしたがって洗練されてゆくものであり、理念の成長と相まってその作品に年齢を超えた潤いをもたらすものである。そしてそれは常に練磨が必要とされる。単に生理ばかりに頼っていることは許されない」という言葉で作者を戒めると共に、この歌集を最上級の褒め言葉で持ち上げている選考委員に疑問を呈している。

この歌集評は、河野裕子歌集を扱いながら、単なる歌集評を超え、その根底にある現代歌人協会の仲間褒め、馴れ合いの体質を鋭く突いた現代短歌論と読むべきであろう。

優れた自然詠とは

四月に開催した熊本県歌人協会の結成十周年記念短歌大会には百六十八人から三百二十九首の作品が寄せられた。百人二百首も集まればと思っていたが、予想に反して応募者は多かった。

その理由の第一は選者を地元でなく、中央の著名歌人にしたこと、第二に、歌人協会の節目の催しであったことなどが挙げられそうだ。応募作品は量だけでなく、質的にも高く、選者の一人である小島ゆかりさんからは、「楽しい選でした」との感想をいただいた。事実、熊日歌会には応募しない各結社のベテランクラスからの応募も少なくなかった。

入賞作品を見ても、レベルの高さは一目瞭然と言っていいと思う。選者の好みもあるかも知れないが、入賞作には純粋な自然詠は少なかった。ただ、その分、入賞した自然詠は素晴らしい出来だと私は思った。例を挙げる。

①麦の芽の伸びて畠の盛りあがり弥生の空の曇りがちなる

中山タミ子
（小島　秀逸、佐伯　佳作）

②目白らはただひたすらに雀らは人を気にして柿の実つつく

吉田　尚子
（佐伯　秀逸、小島　佳作）

③潮先を胸もと深くひき入れて中州の鴨は波にのりたり

藤森　絅子
（小島　秀逸）

①について選者は「表現に立体感があり麦が生きている」と評しているが、麦畑と曇りがちな空を同時に立体的に描いているところをこう表現したのだろう。②については「目白と雀の違い、観察が行き届いている」としたが、まさしくその通りである。③も「鴨の動きをよく捉えていて楽しい」との寸評であった。

自然詠は美しく詠む前によく見て正確に表現することを改めて教えられた。こうして出来た自然詠は個性的な美しさを秘めているように思われる。このことを歌を作ってからでなく、作る前の態度に置き換えると、「きれいだ」と思った風景を詠むのではなく「面白いな」「ちょっと変わってるな」と感じた自然や現象を詠むということになるのだろうか。こう書くと簡単なようだが、作歌態度を変えるというのはなかなか難しいことであるということも認識したい。

料亭の書

過日、酒蔵「瑞鷹」社長の吉村浩平君が永年酒造組合長を務めた功績などで叙勲を受けたので、高校の同窓生でお祝いをした。

場所は料亭の「すざき」で、玄関の突き当たりに〝関所〟があって、会費を取っていた。「すざき」には何度も来ているがそのとき初めて正面の額に気付いた。額には「天衣無縫」とあり、揮毫者は故細川隆元氏だった。会の締めの挨拶をしなくてはならなくなったので、この書を引き合いにして、「天衣無縫」な吉村君のお祝いに相応しい軸のある会場でよかったと言ってから手締めをした。あとで女将から聞いたことだが、隆元氏は遠縁に当たり、氏は熊本に来ると「すざき」を定宿にしていたという。そういえば、水俣の湯の児の三笠屋は徳富蘇峰の定宿で、この旅館の部屋という部屋には蘇峰の書がかかっていた。余談になるが、隆元氏は生前、細川家との関わりを聞かれると「俺の家が本家、あちらは分家筋」と言ってはばからなかった。

料亭には書がつきものだが、古城堀端の「新茶屋」の待合部屋には、豪潮の太字で書かれた「無尽蔵」の書が掛かっている。豪潮律師（寛海）は現在の玉名市岱明町の生まれで、比叡山で修行した天台宗の高僧である。玉名市繁根木の寿福寺の住職を務めた。

このとき、一揆などに明け暮れる世の安寧を願って宝篋印塔《ほうきょういんとう》二千個を建立した。晩年は尾張徳川家に招かれて名古屋で過ごした。江戸時代の肥後の三筆と言われた。書風は豪放磊落である。

もう一方の本妙寺の「田吾作」の二階にある大広間には、「花情濃如酒」の書がある。この料亭には、離れ式の小部屋が幾つもあったが、今は大半が取り壊されて無い。

これも女将さんに聞いたことだが、昔の料亭というのは、芸者持ちの旦那が自分の芸者と静かに遊ぶところだったから、小部屋が必要だったという。料亭で大勢で騒ぐようになったのは戦後のことだそうだ。

さて、書に話を戻すが、この扁額の筆者は安永蕗子さんの叔父さんにあたる安永朝明氏で「花情《かじょう》（＝女の情）濃きこと酒の如し」と読む。女は酒と同じでしつこいから気をつけろということらしい。ついでにいうと、熊本日日新聞の題字の文字はこの人が書いたものである。

女心甘く見るなと書は教ゆ「花情濃きこと酒の如し」と

ホームレス歌人

今年（二〇一〇年）の「現代短歌評論賞」に「或るホームレス歌人を探る」という

作品が選ばれた（『短歌研究』十月号）。ご存じ「朝日歌壇」の投稿者で、自らホームレスを名乗った公田耕一なる人物の作品をたどりながら、その実像に迫ろうとした論文で、評論というよりは調査・分析といった方が適当かもしれない。選考経過を読むと、当初一票（大島史洋氏らしい）しか入っていなかったが、その衝撃性から逆転受賞したのがわかる。

論文によると、ホームレス歌人が登場したのは、二〇〇八年十二月で、以後二〇〇九年九月まで四十首が四人の選者に選ばれている。これは、アメリカの刑務所から投稿している常連の郷隼人氏の二十八首をしのいでいるという。

ホームレスの作者が、突然投稿をやめたのはなぜか、しかも、朝日新聞の「ホームレス歌人さん連絡求む」に「連絡を取る勇気は今の私にはありません」と答えたこと。さらには、歌の内容にホームレスでなくては詠めない具体例が少ないことを挙げてひょっとすると、ホームレスは虚構であったからではないのか、と大胆に推論している。

たとえば、一見ホームレスが詠んだようにみえる「一日を歩きて暮らすわが身には雨はしたたか無援にも降る」について「どのようなところを、どのように歩いたか、実景描写も身体感覚的な表現もない。下句も安易にまとめている。いわゆる大雑把な歌だ。」と。

さらには、投稿をやめるきっかけになったのは盲目の読者が点訳で朝日歌壇を読み、「点訳の朝日歌壇の今届きなぞりてさがす公田耕一」の歌を投稿、掲載されたことではないかと見て「その作品は公田に対してかなりの圧力だったであろう」と書いている。作者が推論した〝虚構〟の場合であれば、公田は良心の呵責に耐えられなかっただろうと私も思う。

この論文の題は「響きあう投稿歌」で「或るホームレス歌人を探る」はサブタイトルだったのを、入選作にする時、逆にしたいきさつがある。作者の本意は突然新聞歌壇に現れたホームレス歌人の歌を読み、感動し、あるいは同情し、思いやる歌、共感し励ます歌が、次々と投稿され、肝心の公田が歌壇上から去ったのちも出詠されていることに注目して書かれたものであった。しかし、選者たちはこのミステリアスな歌人を丹念に調べ、追跡した功労を多とし、今年度の現代短歌評論賞に選んだのだった。

それには、私も賛成である。「ホームレス歌人」の登場は、良くも悪しくも、まさしく現代短歌的な現象であった。

決まり文句

『歌壇』一月号から、高野公彦氏の「短歌練習帳」という連載が始まった。一回目は「決まり文句」。氏の言う決まり文句とは、「ちょっとしゃれた言い方で、かつ使い古された常套的な表現」でこれに頼ると良い歌はできない、と氏は断じている。氏が言う決まり文句を幾つか掲げてみる。「桜ふぶき」「蝉しぐれ」「不夜城」「銀世界」「冬将軍」「都会のオアシス」「落葉のじゅうたん」などがいわゆるムードのある決まり文句で、昔から使われてきた古風な決まり文句として「本をひもとく」「青春を謳歌する」「虫がすだく」「梅がほころぶ」「世間の荒波」「歴史のロマン」「手塩にかける」「春たけなわ」「台風の爪あと」などを挙げ、なるべく使わないようにと言っている。

例えば「画面に釘付けとなる」は「画面を中腰で見る」と具体的に、あるいは「台風はつめ跡残し」は「台風は一夜暴れて」に「傘の花が咲く」には傘は花でないから咲かないと手厳しい。

さて我々は、決まり文句をどう使っているのか、試しに『稜』一月号をひもといて（おっと、これは決まり文句だった）ではなく開いてみた。「シャトーめく」（六ページ）老人ホームを修飾しているが、避けた方が無難か。「苦虫をかみつぶしたるように」（七ページ）は決まり文句を使っているが、具体的で問題なさそう。「心はずませ」（八ページ）は歌が平板になったのはこの決まり文句故か。「銀のアート」（九ページ）は蜘蛛の糸が光っていることを表現しているが、少し手あかがついている印象は否めない。「闇夜にすだく虫の音」（十ページ）上の句が問題意識をもって作られているだけに下の句の古風さが気になる。「灯をちりばめて」（十二ページ）この上の言葉が「遠街は」という工夫のある言葉であるため、決まり文句にはなっていない。「釘付けにして」（十五ページ）これはテレビの前の作者で、高野氏が取り上げた作品と同じ使い方。変えるべきだろう。

「永遠の眠り」（十七㌻）死者を表現したもので典型的な決まり文句。勝手に、私なりの判断で、決まり文句を判定してきた。後半は、私が決まり文句ではないかと思うものを言葉だけ挙げてみる。みなさんの判断を聞きたい。

「大正ロマン」（二十二㌻）「柘榴が嗤う」二十四㌻）「あふれんばかりの」（二十六㌻）「デュエットのごと」（二十七㌻）「王者の風格」（二十八㌻）「耳を劈《つんざ》く」（二十九㌻）「空いちめんの」（三十一㌻）「小春日和」「陽だまり」（三十二㌻）

思ったよりも決まり文句的な言葉は数多く発見出来た。

大震災をどう詠むか

三月十一日に東北地方を襲った大地震と津波は死者、行方不明一万七千人を超える大災害となった。ニュージーランドの地震による日本人被害者に一喜一憂していた我々を完膚無きまでにたたきのめし茫然自失させた。早一月がたつが、復興のめどさえ立たず、とくに福島原発の放射能汚染は拡大する一方である。

この大災害を歌人としてどう受け止めどう詠んだらいいのだろうか。ニュース詠に強いと言われる朝日歌壇には、東日本大震災（気象庁が名付けた地震の正式名称は「東北地方太平洋沖地震」であるが）の歌が早くも寄せられている。四日付の同歌壇では、三十首中十八首が震災関連の歌である。中でも佐佐木幸綱氏は八首を選んでいる。このうち、いわゆるテレビや新聞をもとに詠んだ「伝聞詠」が半数の九首、被災者が詠んだと思われるものが三首、残りは肉親などの安否を気遣った作品。

「瓦落ち塀倒れたるもの同士こころゆるして給水を待つ」はひたちなか市の被災者が詠んだ歌で、永田和宏氏と佐佐木幸綱氏が採っていた。

同歌壇は二〇〇一年の同時多発テロの時は事後の八週間、テロ関連の歌が百三十首と四割を超えたという（『現代短歌そのこころみ』―新聞歌壇の通俗的正義―関川夏央著）。この時は海外の出来事だったから大半は伝聞詠だったはずだ。

十一日は統一地方選挙のため歌壇はお休みだったが、今後も数カ月は大震災の歌の投稿はさらに増えるだろう。

震災から日が浅いため、短歌雑誌では「震災詠」に触れたものはまだ出ていないが、『短歌新聞』四月号（四月十日発行）だけが社説欄で触れている。同紙は言う。「この期に及んで『短歌に今何ができるか』『歌人としてなにができるか』などと問うことは愚かだ。何も出来はしない。そんなことよりもただの人間として市井に生きる一人の生活者として何ができるかを考える事の方が重要だ」と。そして、関東大震災のあと行方不明の甥の家を難儀して訪ねた時の窪田空穂の歌「新聞紙腰にまとへるまはだかの女あゆめり眼に人を見ず」など数首を挙げたうえで「テレビなどない時代である。空穂は自らの眼で見、そこで歌った。これはつまらぬ感想や感傷ではない」と現代の〝テレビ映像詠〟的な風潮を痛切に批判している。

全く同感である。しかし、やはり大震災はさけて通れない。一首も詠まないわけにはいかない。そこでひとつだけ心がけた。テレビで見た光景は詠むまいということだ。

こんな歌評を書きたい

歌誌『短詩形文学』（四月号）を読んでいたら、面白い歌評に出会ったので紹介してみたい。といっても、これは歌評として書かれたものではない。某日、鎌倉で開かれた同人による即詠会の報告記の中の一節である。筆者は横田晃治という同誌の運営委員。少し長めの引用になるが…。

「挙手による推挙の結果、最高点十点を集めた作品が三首あった。私はその中の一つの歌に心を奪われていた。

駅下りて曲れば少し下り坂向こうにまぶしく海は見え来て

なんと見事な即詠歌であろう。歌に調べがありリズムがある。言葉が静かにしなやかに紡ぎ出されている。気張りも気取りもなく天然自然のままに繋がっていて読んで心地よい。次に目を見張るのは叙述の明快さだ。難しい表現がひとつもなく、どのことばもあたりまえの日常語だ。（以下一部略）

私がこの歌に異常な関心を抱いたのは、実はあまりにも偶然ながら私の提出歌と場

面が同じであったからだった。江ノ電長谷駅に下りて今日の会場に向かったときにできた私の歌は

長谷駅を降りて歩けばぱっと海ひらけて今日の春雪忌会場

というものであった。こちらは見事ゼロ点であった。

この歌の未熟さは幾つもあるが、まず一番に私が気づいたことは、この歌の場合に駅名を入れる是非についてであった。歌に固有名詞を記すこと自体は当然あるべきことだ。ただ気をつけなければいけないのは、固有名詞を挙げることで情景や状況を説明し終えたかのような錯覚を持ってしまうことだ。（一部略）たとえば花の名前にしても作品構成の万能選手であるかのように歌い入れることでよしとしてしまう場合がある。ここでも「長谷駅を降りて」とただただ説明せず「駅下りて」とあっさり言い放つことの爽やかさに私は改めて気づいたのだった（以下略）」

即詠会という特別な試みで、偶々同じような歌が二首出来たということはあるが、わが歌を俎上に載せて切り刻む潔さに先ず感心した。自分の歌の拙さと高点歌の良さを丹念に比較し、そうしながら作歌の原点をたどるという見事な歌評というよりは歌

論を展開している。調べのよさ、固有名詞の使い方以外にも、「ぱっと海ひらけ」という表現を幼児的散文口調と言ったり、「今日春雪忌」を「漢語を並べ立てた事情の説明」と手厳しい。それもこれも自作を取り上げたからこそ出来たのだろうが…。ともかく読後爽快になった文章であった。

ドラえもん短歌

書籍広告で『ドラえもん短歌』というのを見つけて、少し気になっていたので買ってきた。小学館文庫の一冊で著者（選者というべきか？）は枡野浩一という人。私には初めての名前だったが、ネット短歌の世界では知られた人らしい。年齢は四十三歳。歌集も二冊出していて、ほかにも、『かんたん短歌の作り方』とか『石川くん』（啄木論らしい）なんて著書もあり、若者文化の世界では活躍しているが、大人の短歌誌との接点がないので我々の世代は知らない名前なのだ。

さて本論に入ろう。何故ドラえもん短歌なのかという章で、彼は三首の歌を挙げている。

①ハーブティーにハーブ煮えつつ春の夜の嘘つきはどらえもんのはじまり（穂村弘）②だれだって　欲しいよ　だけど本当はないものなのだ「どこでもドア」は（枡野浩一）③「ドラえもんがどこかにいる！」と子供らのさざめく車内に大山のぶ代（笹公人）

①は良く知られた歌で、「どろぼう」と言うべきところを「どらえもん」（ドラえもんと正しく表記してない点に注目）と言い換えた言葉遊び的な歌。③は多分実際にあった出来事で、大山のぶ代（初代のドラえもんの声優）の声を聞いて、この電車にドラえもんが乗っていると子供たちが騒いでいる光景が目に浮かぶ。②は前の二首とはまったく違い、初めからドラえもんをテーマに詠まれたもの。これこそ「ドラえもん短歌」である。その後、彼の呼びかけに応じてネットに寄せられた中から、優秀作を選んだのがこの本の中身である。

あの頃は　どこでもドアが　なくたって

どこでも行ける　ぼくだったのに
いつだって「どこでもいい」と　言う君じゃ
どこでもドアは　使えないよね
もうパンは　飽きちゃったから　二学期は
「アンキゴハン」を　用意しといて！
（注　暗記したいものを書き写して食べると暗記できるのが「アンキパン」）

口語で五行書きというのが決まりのようである。作者の年齢はわからないが十、二十代が多いのだろう。ただ中には大人びた作品もある。

あのひとの　心をみせて　ドラえもん
でもわたしのは　隠しておいて
もう少し　素直になれと　言う上司
スネオになれと　聞こえる私

幼稚といえばそうかもしれない。しかし、短歌なんかウザイ！　という世代にドラえもんを介して、定形を守らせ、自らの気持ちを吐露する方法を見つけさせせた功績は小さくない。問題はここから育った若者が、どのくらいの比率で本気で短歌と向き合うようになるかという点だ。

短歌雑誌の終刊

『短歌新聞』が今年（二〇一一年）の十二月で終刊するという。当然『短歌現代』も同時に終わることになる。昭和二十八年に創刊した同紙は通巻六九八号になるという。また『短歌現代』も四一八号になるそうだ。十月号の社説では「戦後短歌の大部分が、短歌新聞社の歴史とともにあった、と言ったとしてもあながち大言壮語ということにはならないだろう」と書いているが、石黒清介氏のこの新聞と雑誌が六十年にわたって戦後の歌人および短歌を支援してきたことは間違いない。今も社長を務める石黒氏は今年九十五歳になるという。終刊は石黒氏の高齢化ゆえの判断でありその内実は伺い知ることはできないが単に、後継者がいなかったためだけではないだろう。

四十年ほど昔の話だが、小野昌繁氏が主宰する旧『短歌研究』が終刊した時は、そのあとを講談社が引き継いで『短歌研究』として現在も健在であるが、今回は出版界の厳しい状況がそうしたことも許さなかったのだろう。

終刊と言えば、熊本でも結社誌が相次いで終刊した。一つが米納三雄氏が代表の『槇』。もう一つが石田比呂志主宰の『牙』である。この二誌に先立ち安永信一郎・蕗子氏父娘が二代にわたって熊本の歌壇を牽引してきた『椎の木』も休刊して久しい。

石田氏の場合は「『牙』はオレ一代で終わる」と早くから公言してきたから当然の帰結である。ただ、石田氏は後継者は作らなかったが、弟子の育成には熱心だった。阿木津英さんやまだ大学生だった浜名理香さんや上妻朱美さんらを一人前の歌人に育ててあげたことはよく知られているが、その頃、浜名さんと二人で女子大（現県立大）の正門に立って「牙」への入会を勧誘したことを石田さん自身から聞いたこともある。

「槇」の場合は、米納主宰の高齢化と病身のためで、後進の育成が全くされていなかったことが主たる原因のようである。四十名を超える大結社でもあり、このまま終わるのは忍びないと、数名の運営委員による再建計画が進行中であると聞く。来春ぐらいには新しい歌誌が誕生するかもしれない。期待して待ちたい。

ひるがえって、わが「稜」である。松下代表は早くから後継者育成を打ち出され、そのおかげでお鉢が私に回ってきた。年齢のわりには、まだまだ元気であるのだが、一昨年の秋から編集・発行人を私に任せ、代表のみに、また熊本県歌人協会会長職に専任しておられる。

編集業務は、それなりに慣れては来たがいまだに松下代表に甘えて、後継者としての心構えは希薄というほかはない。間もなく廻って来る通巻二〇〇号へ向けて、そろそろ、その決意をせねばと思うこのごろである。

歌集を分析する

この秋、熊本を代表する歌人の歌集が相次いで出された。九月に出たのが清田由井子さんの第四歌集『耿』そして十一月が塚本諄さんの第三歌集『平日』である。いずれも熊本県歌人協会の理事であり、年齢的にも円熟期を迎えた方の歌集。塚本さんの『平日』は熊日に頼まれて書評をしたし、清田さんの歌集については本号の歌集紹介や秀歌逍遥で取り上げたので、ここではいわゆる書評ではないやりかたで、二つの歌集を分析してみたい。

清田さんの『耿』は幾つかのはっきりした特徴をもっている。誌名の『耿』について、作者はあとがきの中で「野棲みの凄惨や愉悦を歌うとき、私はずいぶんと月を道連れにしてきたようだ」と書き、この題を「世捨て人ときに憧れ耿耿と月の一片たづさへてゆく」から取ったとしている。と思って先ず月の詠まれた歌を数えてみた。四十八首あった。もちろん半端な数ではない。全作品四〇五首の一二%に当たる。

しかし、実はもっと多い別のものがこの歌集には隠れていたのだ。それは「月」ではなく「花」だった。単に「花」としたものは除いて具体的な花の名前が出てくるもの（それは「夕顔、向日葵、雁来紅、紫陽花、椿、夕萱、竜胆、野菊など多岐にわたっている）だけで百十一首もあった。掲載作品の四分の一強に花の名が詠み込まれている。花だけではない、もうひとつ驚いたのは、「野」という語がやたらと出てくるのである。「野辺」「野棲み」「野末」「野哭」「野ざらし」「野つかさ」「野処」など「野」を使った語彙が見事にというほどちりばめられていた。

ざっと数えただけで、六十七首。題名の由来となった「月」を超えていたのだ。統計だけから言えば「野辺の花」という題名がぴったりするというのは作者に失礼であろうか…。

塚本さんの『平日』から受けた印象は前の歌集『青闕』のときも思ったのだが、「昼」という語が多いのではないかということだった。歌は普通、日中の光景を歌ったものが多いから、字面としては昼は少なく「夜」の方が多いのではないかと思う。

それで歌に出てくる朝、昼、夕、夜の文字を数えてみた。「朝」（あした、あけぼのなども含む）は十六首、「昼」（午後、真昼など）が十五首、「夕」（夕月、たそがれなど）十七首、「夜」（今宵、夜半など）は十九首だった。

同じやり方で私自身の歌集『橋の眺め』を調べたら「朝」が三、「昼」七、「夕」九、「夜」十七だった。塚本さんの朝・昼と夕・夜は三十一対三十六に対して私は十対二十六、塚本さんの「朝昼」の割合がずっと高かった。塚本さんは後書きに「真面目さは相対化して計れない」と書いていたが、私に比べて「朝昼」の歌が多いのはその一つの証明になるのかもしれないと思ったことだった。

歌評には程遠い分析であることはわかっているが、こんなやり方もあるということである。

短歌大会について

熊本県歌人協会では四月に短歌大会を開く。協会としてはこれが三回目の大会である。選者は著名歌人がいいが来てもらうには予算が足りないというので、前回から選だけお願いするという方式にした。今回の選者は三枝昂之氏と秋山佐和子氏である。

それはさておき、今回対象にする短歌大会は、いわゆる「全国」が頭についた大会についてである。NHK全国短歌大会を筆頭に熊本の「五足の靴顕彰短歌大会」など多分数十の大会があるようだ。大半は当地出身の歌人を顕彰するもので、歴史の長いものから言うと兵庫県小野市の上田三四二記念「小野市短歌フォーラム」、産経新聞の与謝野晶子短歌文学賞、蒲郡市の藤原俊成、愛媛の子規、このほか契沖や山﨑方代を顕彰したものなど枚挙にいとまがない。

そういえば今年（二〇一一年）から日向市が「青の国若山牧水短歌大会」を始める。選者は牧水記念館長の伊藤一彦氏。選者ひとりというのはこの種の大会では珍しい。また、中高生の作品募集にも力を入れているようだ。

このほかにも、「初恋短歌大会」（松戸市）といったユニークなもの、観光協会が主催するもの（宮島、和倉など）、NHK学園と組んだもの（伊香保、那智・勝浦など）と挙げればきりがない。

そんな中で、これはというか面白いと思ったのが、岡山県高梁《たかはし》市で開かれる「清水比庵大賞」である。この人は地方結社誌『窓日』を創刊した歌人だが、歌詠みとしてよりは日本画家としての方が知られているうえに、もともとは銀行員だった。そして昭和五年から十四年まで日光市の市長を務めている。高梁市は出身地であるため、名誉市民となり、この大会が企画されたようだ。

高梁市というと思い出すのは「高梁川流域連盟」である。倉敷紡績の社長だった大原總一郎が発案し、同川流域の倉敷市、高梁市など七市三町と企業・個人が加入して昭和二十九年に作られた一本の川の流域を単位とするユニークな文化・教育団体である。中学・高校のリレー大会にはじまり、毎年高校生たちの音楽会、美術展を催すほか、地域文化の総合誌『高梁川』を発行している。地域の文化や歴史の評論に加えエッセー、短文芸などを載せているが、三百五十ページにわたる大部である。

その高梁市で開かれる大会というので興味があった。昨年で六回と歴史は浅いが、応募総数、四百九十八人、九百九十六首（四十一都道府県）に上ったという。しかも選者は「窓日」の幹部四名で、全国的には無名に近い人たちなのにこれだけの応募を見たというのは立派である。ただしこの大会には仕掛けがある。大会大賞三作に賞金（十万、五万円）が出るのだ。

ナイアガラ

娘のいるボストンに行ったついでに「ナイアガラ」まで足を伸ばした。というのも、私の主治医であるH先生から、アメリカへ行くのだったら、「グランドキャニオン」と「ナイアガラ」はぜひ行くべきだと言われたこともあったからだ。この先生も旅行好きで両方とも行ったらしい。

ボストンからナイアガラのあるバッファローまでは飛行機で一時間半、そこからバスで一時間、国境を越えるとナイアガラ瀑布だ。はじめは日帰りのつもりだったが、娘婿が「日帰りだとばたばたするし、帰りつくのが夜遅くなりますよ」と言うので一泊することにしたのだがこれは正解だった。夜景を堪能しただけでなくゆっくりできたことが何よりだった。

ナイアガラの印象を一言でいえば、「優美」ということに尽きる。写真などでは滝を近くから撮っているので、迫力満点の豪快な大瀑布というイメージがあるが、たとえばブラジル国境のイグアスの滝と比べても、荒々しくない。ことにアメリカ滝は高さも低く（五十メートル）カーテンを垂らしたように水が滑り落ちて来る。すぐ隣の小さな滝にブライダルヴェールと名付けてあることでも優美さが解る。それに比べると、カナダ滝は荒々しい白壁を為していて、一日中煙霧が懸っている。「ｍａｉｄｏｆ ｍｉｓｔ」（霧の乙女号）に乗り滝を真近で見たが、すっかりびしょぬれになった。
○純白のカーテン垂らすアメリカ滝聳ゆる白壁カナダ滝なり
○日本ならば「男滝、女滝」と名付けたらむ国境跨ぐ二つ大滝
○鈴なりの青カッパ乗せ煙霧へと突き進み行く「霧の乙女」は
　ナイアガラ滝が出来たのは二万五千年前だそうで、その後滝は十一キロ後退して現在の場所にあるとのことだった。その原因は滝が滝壺をえぐり、崩落を繰り返したためという。現在は上流の堰で水量を調節（アメリカ滝へ水を回してもいる）しているので、年間三センチの後退ですんでいるそうだ。「だから、この場所であと三百年はもつでしょう」と日本人ガイドは言った。

　アメリカ滝の正面にある「シェラトンオンザフォールズ」の十一階に泊まった。午後八時半からライトアップが始まった。

○ライトアップに淡く浮べる夜の瀑布《たき》地鳴りのごとき水音絶えず
○風に乗り白き煙霧の漂ひ来夜半目覚めたるホテルの窓辺

〝ズルビ〟とは

学生時代のことだから、もう五十年も昔の話だ。早稲田に入った私は、勉学はほどほどに、「現代文学会」というサークルで小説書きに夢中だった。その頃、どんな風の吹きまわしか、サークル仲間と二人で、早稲田短歌の歌会に出てみた。自分としては殴り込みくらいのつもりだった。

提出した短歌はよく覚えていないが、下の句は「黄菊一輪ぶら下げてはにかみながら秋の新宿《まち》行く」というような歌だった。結句を、はじめは「新宿を行く」としていたのだが、恰好をつけるつもりでルビ付きにした。歌会は穏やかに進んだが、私の歌になって「新宿」を「まち」と読ませるのは無理がある。「秋の街行く」か「新宿を行く」にすべきだという指摘を受けた。私は、「細かいこと言うなあ」などと思いながら歌会を後にした。

早稲田短歌の会に出たのは後にも先にもその時だけで、そのことはすっかり忘れていた。そのことを思い出したのは『歌壇』に連載していた高野公彦氏の「短歌練習帳」の「ルビの使い方」を読んだ時だった。

氏は「亡母」を（はは）、「病室」を（へや）、「紅梅」を（うめ）、「箱根駅伝」を（えきでん）と読ませた例をあげ、ずるいルビすなわち〝ズルビ〟だと指摘して、許されないことだとしていた。

はじめ、すこし厳し過ぎるのではないか、「桜花」を（はな）と読ませるぐらい、認めてもいいのではないか等と思ったのだが、あることに気付いてすっかり納得したのだった。

その「あること」とは、「俳句」である。手元にある句集を紐解いてみたが、ルビはほとんどない。あっても三つ、四つでそれはいずれも読みの難しい漢字に付けられたもの。例えば「蹲踞《つくばい》」とか「鮴《ごり》」とか、「寸七翁《すなお》」など。これに比べると、歌集はルビのオンパレードである。

たまたま安永蕗子さんの第十五歌集『海峡』を見たら、百を優に超えるルビがあった。ただし、高野氏が指摘したようなものはほとんど見当たらなかった。短歌の場合、「頭《ず》」とか「背《そびら》」や「夕餉《ゆうかれい》」など読み方が幾つもある場合は、ルビをふることが多く、それは許されているようだ。

一方で、伝統俳句はルビを打たないことを原則にしているようだ。短歌より短い詩形の俳句の方が言葉使いが厳密になされていることに我々は学ばねばならない。

『待ち時間』に学んだこと

伊藤一彦さんから第十二歌集『待ち時間』をいただいた。気に入った歌や面白い歌に感心しながら読み進んでいるうちに、さて、この歌集から何を学ぶかを決めてみようという思いにとらわれた。ただ感心するのではなしに、どの歌の何処に感心したかをきちんと検証してみようと…。

そう思いながら読んでいると、この歌集には叙景歌が意外に少ないことに気づいた。というのも、この歌集には口蹄疫や大震災などの機会詠や牧水や茂吉などの足跡をたどった旅行詠、さらには述志や境涯歌的な作品が多く、純粋な叙景歌はちらほらという感じを受けた。そこで、そうした歌を数えてみたら、八〇首足らずだった。掲載歌三八七首からすると二割程度、一般の歌集に比べると少ないと思った。

そう思いながらこれらの歌に当たってみると、それぞれにさまざまな工夫が凝らされていることが分かったのである。これは叙景歌の作り方の勉強になる、と。というのも、一般の叙景歌は風景を眺めただけで作られることが多いが、伊藤さんの作品はそうではないのだ。

例歌を挙げてみる。
○たまひたる主を偲びぬ自転車のサドルの上に白き糞あれば
自転車のサドルの上に鳥の糞が落ちている光景を詠んだ歌である。普通ならば、「何鳥が落せしか知らず自転車のサドルの上に白き糞あり」とでも詠むところだが

「たまひたる主を偲びぬ」という発想に驚かざるをえない。
○飛ぶ鳥の風切羽に切られたる空気よろこぶ秋のおほぞら
この歌も鳥が風切羽で空気を切って飛んでいるのを、空が切られて喜ぶという逆転の発想で歌にした。
○紫のちさき斑点ひとつずつ見るいとまほしほととぎすの花
○あさかげの迫に来たればしろがねの棺となりて水流れをり
前歌は「ひとつずつ見る」のではなくて「見るいとまがほしい」後歌は、「小川が銀色の棺のように見えた」というのである。

こうして鑑賞していて、はたと思い至ったのは、新聞記者になりたての頃先輩のカメラマンに教えられたことである。「良い写真を撮ろうと思ったら自分が動くことだ」被写体を大きく写そうと思えば近づき、空を入れたければローアングルに構え、全体を撮りたかったら高い所にのぼって俯瞰する。

また、レンズを替えて望遠や接写レンズを使え—と。

伊藤さんの叙景歌に感じたのは、まさに自分が動く（考える）ことによって見えて来る物を的確に捕らえた歌であった。ただ佇《た》って、漠然と景色を見るだけでは、他人を共感させる叙景歌は出来ないことを悟ったのであった。

二冊の入門書

今年（二〇一三年）になって、新書判の短歌入門書が相次いで発刊された。一月末に出たのが永田和宏著の『近代秀歌』（岩波新書）。三月末には俵万智の『短歌のレシピ』（新潮新書）が刊行された。

まず、『近代秀歌』だが、著者は故河野裕子の御亭主の京大教授。専門は細胞生物学という方である。オビに「日本人ならこれだけは知っておきたい近代の歌一〇〇首」とあり、まさしく秀歌鑑賞の入門書であるが、引用歌は数百首に及ぶとともに、各所に作者の歌に対する考えがのべられており、〝歌論書〟の趣さえ感じられる名著である。

例えば、長塚節の「垂乳根の母が釣りたる青蚊帳をすがしといねつたるみたれども」の項では、写生論について、「私は、写生というのは、目にしたすべての事象のなかから、ただ一点だけを残して、他はすべて消し去る作業であると考えている。目にしたものをすべて言葉に写しとるということはもともとできないが、三十一文字しかないという短歌定型においては、それがいっそう困難であることは言うまでもない。すべてをリアルに写しとろうとするのではなく、その場の自分の感情にもっとも訴えてきた、たった一つの事象、対象だけを残し、あとは表現の背後に隠してしまおうとする態度、表現法、あるいは手法、それを私は写生と呼びたいと考えるのだ」と持論を展開している。そのうえで、「節は目の前のさまざまな具体から、ただひとつ〈蚊帳がたるんでいる〉という一点だけを抽出した。」と結論付けている。

また啄木の「たはむれに母を背負いてそのあまり軽きに泣きて三歩あゆまず」について、この歌を詠んだとき、母親は函館にいて、東京の啄木に母を背負うことはできなかった、とし、「しかし現実になかったからといって、それが詩として欠陥になるかと言えば、それはまったくない。詩の現実は、現実にあったかどうかとは一対一で結びつけられるべきではない。（中略）虚構であっても、作者の真なる思いを感じとれるかどうか、それが作品評価のすべてであると言いきってもいいだろう」と、述べるなど、迫力に満ちた鑑賞態度にうならされた。

『短歌のレシピ』の方は、添削例を解りやすく解説している。例歌には若い人の作品が多いのと、俵流のウイットに富んだ文章ですらすらと読め、なるほどと感心した。「枕詞を使ってみよう」とか、二首の歌を一首にするなど、具体的な提案も面白かった。

この本を読んで多くの若い人達が短歌に親しんでくれたら、と思わずにはいられなかった。

うたの余白

『短歌』八月号が「うたの余白」という特集をしている。サブタイトルは――言い過ぎない歌い方とは―で初心者には絶好のテーマと思い、公民館の講座で勉強をさせてもらった。特集の内容は総論を来嶋靖生氏が書き、阿木津英さんら五氏が実作指南や論考をしている。

総論で来嶋氏は芭蕉の「去来抄」の「いひおほせて何かある」や「くまぐままでいひつくすものにあらず」の言葉を引きながら「これは発句について言った言葉だが、短歌にも通う戒めである」とした。そのうえで「余白などはいざ知らず、隅から隅までもの言いたがる短歌は多い。例えば生活を写実的に詠もうとするとき『いひおほせ』ようとして説明に傾くということだ。一方、あらかじめ特定の思念を抱いて詠もうとする歌も多い」と余情のない独善的な傾向を戒めている。

中でも、阿木津氏の添削例「言わない」は極端なまでに言いたいことを控えるように指導している。

●夕べ帰る子に鶏を煮魚をおろす休暇迎える春の厨に

○帰る子に鶏をまた煮魚をつくりてたのし春の厨に

と添削して「『夕べ』『休暇迎える』を言わずともこれで充分解ると思いませんか」

と述べている。もう一例

●春寒き夜を帰り来て灯もつけずなほも拘る友のひとこと

を「調子は整っているし、意味もよくわかるけれども、余白というものが無くて、読後、余韻のまったく響いてこない例です」として、次のように改作した。

○春寒き夜を帰り来て灯もつけずしばし坐りてわがゐたりけり

生徒さんから、友のひとことに拘るという作者がもっとも言いたかったことが削られている——という疑問の声が出された。阿木津さんは『しばし坐りてわがゐたりけり』だけで、暗がりの中で頭を垂れてぽつねんと坐っている無言の響きが伝わってくるでしょう」と述べていたが。

私は、安永蕗子さんの若いころの歌に同じような状況を詠んだ歌があったのを思い出し、調べてみた。第一歌集『魚愁』にその歌はあった。

○かへり来しおのれひとりの夜の畳いくばくの雪片が身よりこぼるる

この歌で安永さんは何も述べていない。孤独感を象徴するのは「おのれひとりの畳」と「いくばくの雪片」だけで、それ以上の思いは読者に委ねられているやはり

「言わぬが花」なのである。

歌の読み方

阿木津英さんが出している『八雁《やかり》』を読んでいたら、面白い歌評に出合ったので紹介したい。

同誌会員の足立尚彦という方の第四歌集『でろんでろ』を同県人の伊藤一彦氏が評を書いているのだが、その中の一首について、強く印象に残った歌評があった。問題の歌は〈手にとれば賞味期限は亡き妻の誕生日なり納豆を買う〉という作品で、五年前に妻を亡くした作者が、歌集の冒頭に掲げた妻への挽歌ともいうべき作品である。

一読、よく解る歌で、コンビニに買い物に来た作者が納豆を手に取ったら賞味期限が妻の誕生日と同じ日だった。その納豆を買った―という歌で、賞味期限に亡き妻を思い出したそこはかとないさみしさを醸す一首である。伊藤氏は「場面は妻を亡くした一人者の買い物。賞味期限がたまたま妻の誕生日であり、そのことで彼女の誕生日が間もなくであることを改めて思ったと言うのが歌のポイントと一応は言えよう。一応と言ったのは、本当のポイントは別にあると思えるからである」としたうえで「二句と三句の間を切らないで読んだらどうなるか。〈手にとれば賞味期限は無（亡）き妻の誕生日なり納豆を買う〉となる。「賞味期限の無き妻」つまりこの世を去っても妻は妻として存在し続けるという思いを歌った作であり、それがこの歌の最大のポイントであると私は思う。」と書いている。

この解釈によれば、この歌は最大級の妻恋いの歌であり挽歌ということになる。「賞味期限の無い妻」という発見に私は驚き、なぜそう思ったのかを熊日短歌大会で来熊した伊藤さんに問い質した。伊藤氏の答えは、作者に確認していないので、「この解釈はもちろん僕の独断です」と、しかし自信を持って言われた。

歌の解釈には、いわゆる深読みと言われるものがある。これもその一種かと思うが、この場合、作者の立場に立った解釈であろう。もっと言えば、評者自身が妻をなくした時を想定してのものかと勘繰りたくなる解釈でもあるが、こうした、作品に寄り添うような読みは友人ならではのものであろう。

それにしても妻を亡くした男というのは哀れなものである。生活に追われながらも妻恋いの歌を詠み続けるのである。

判じ物の歌

高野公彦さんの歌を読んでいると、時々「えっこれはなんだろう」というような歌に出合う。直ぐには意味がわからない、判じ物のような歌である。ただ、よく調べたりすると、「ははーん」と解る面白い歌でもある。これは高野さんの博覧強記とペダンチシズムが為せるわざだと私は思っている。

ではその実例を幾つか挙げてみよう。

いずれも最新歌集『河骨川』の作品である。
○東京湾虹橋一気に渡り終へアポリネールをする暇もなし

アポリネールがフランスの詩人であることは知っていても、「アポリネールをする」は大半の人がわからない。辞書を引くと、「芸術全般にわたって十九世紀と二十世紀とをつなぐかけ橋の役割をはたす」とある。「虹橋」すなわちレインボー・ブリッジをあっと言う間に渡ってしまったので二十世紀と二十一世紀について考えてみる暇もなかったという歌なのである。

○良き香するアンデルセンの前に来て浅葱裏なる愛媛の男

「アンデルセン」は多分花の名であろう（人名がつくのは薔薇に多い）。問題は「浅葱裏」である。浅葱裏は「江戸吉原遊郭などで羽織の裏が浅葱木綿だった田舎武士を嘲って言った語」という。「愛媛の男」は高野氏のことだから、高貴な花とそれを見る自分を田舎者として対比させたのである。

○〈ら抜き語〉も〈とか弁〉もみな根づきたり　かのいいでれこ、さのいいでれこ

下の句はまさに判じ物であった。しばらく見ているうちに、ひっくり返せばいいことが解った。「これでいいのか」「これでいいのさ」「これではだめだ」と頭ごなしに言わないところが高野氏らしい。

とくに感心したのが次の歌である。

○栂尾にあるレプリカを思ひつつ六本木で見る兎、蛙ら

これは、サントリー美術館（六本木）で「鳥獣戯画」を見たという歌である。肝心の国宝の名が出てこないので解らぬ人には解らぬが、高山寺（栂尾）に行った人ならピンと来る。私は五十年ほど前、同寺を訪れたが、この絵巻物が机のガラス板の下に無造作に挟んであるのを見た記憶がある。その時はレプリカとは思わなかったが…。

ついでに言うと正式には「鳥獣人物戯画」で四巻のうち甲乙が動物、丙丁に人物が描かれ、本物は前二巻が東京国立博物館、後ろ二巻が京都博物館に保管されている。

歌会について

歌会の効用について、「まひる野」の今井恵子という人が『現代短歌新聞』の四月号に書いている。共感する所の多い論であるが、これは『うた新聞』一月号の都築直

子さんの「歌会は必要か」という一文に対する意見として書かれたものなので、まず都築論文から紹介してみよう。

都築さんは「短歌を作る者にとって歌会は必要か。一度じっくり検分してみることを提唱したい」として、あるベテラン歌人の「歌会に出るより本を読んだ方がいい。歌会が参考になったことはない」という発言を取り上げ、「思えば、あの作者もこの作者も、歌会には出ていないようだが、いい歌を書く。一方、種々の歌会に出ているけれどぱっとしない歌を書く作者は自分を含めて少なくない」と考える。

そして「『歌会へいこう』。総合誌、結社誌を始め、多くの場で聞く掛け声だ。歌会へ行くのはとにかくいいことなのだという」「疑問の余地なき歌会信仰」に疑問を投げかけている。

といっても都築は歌会を否定しているわけではなく、結論は「実作者にとって、歌会は必要か。必要ならそれはどの部分か。一度考えてみることを提唱する」であった。

今井論文は、この問題提起に応える形で書かれていて、歌会の批評について先ずこう書く「歌会での批評は、批評文として整えられた言葉より、具体的実践的かつ流動的で、多様であるから、清濁正誤を含む異なる意見が交錯し、うまくいけば共同で一つの結論を生み出す創造的現場になるはずだ」と。

この論には私も全く賛成で、というより、歌会の雰囲気や実際を的確に表現していることに驚いたほどである。

そして「歌会参加者にとって重要なのは、歌作上達のために何を得るかではない。他のメンバーの異なる意見にどれだけ触れられるか、そこに、歌会とカルチャー講座との根本的相違点がある」としている。

歌会によっては、互選が中心のものや、指導者の添削が主要部分を占めているものもあるが、それはそれとして、歌会から得られるのは「異なった意見を聞く場」であろう。そしてそれをどう聞くかは作者に委ねられている。

今井氏はそれと共に作品評価には時代により変動があるとして、それを述べた岩田正氏の一文を紹介している。

「短歌一首一首の文学価は実は普遍なものでありながら、時代や環境や享受者の在り方でかなり変動するものである。絶対的な基準なるものがあるようにみえてもそれは一つの観方でしかない」と。

バッキンガムの馬糞

五月末から二週間ほどイギリスを旅してきた。といってもツアーへの参加なので湖水地方、スコットランドと万遍なく回るコース。だからロンドン見物は一日だけだった。英国は初めてだが、ロンドン観光の目玉はバッキンガム宮殿の衛兵交代と聞いていた。

ところが、出発前、当日はエリザベス女王の誕生日のパレードの予行演習があるので衛兵交代は中止と知らされていた。当日は衛兵交代は無くともとりあえずバッキンガム宮殿へ出かけた。ところが、大勢の市民が詰めかけ、警官隊が出勤して物々しい雰囲気。練習なので女王様はおでましにならないが、騎馬隊二百を含む六百人が宮殿からマル（ロンドン五輪のマラソンのゴールになった広い道）を通ってトラファルガー広場までパレードするというのだ。

女性の騎馬警官の指示で我々のグループは通行途中で分断され二つに分けられてしまったが、待つこと十分、真っ赤な制服と黒い帽子の兵隊さんたちが行進してきた。続いて騎馬隊も。まず騎馬音楽隊続いて黒服の騎馬隊が駆け抜けて行った。

問題はそのあとである。パレードが通り過ぎたので、沿道の規制も解除されグループ全員がそろったころ、奇妙な車が三台現れた。なんと、道に落ちた馬糞を片づける清掃車なのであった。その道は、日本で言えば宮城前の馬場先門あたりに当たる場所である。馬糞はそのままには出来ないのは解るが、あまりの手回しの良さに思わず笑ってしまった。

騎馬二百駆け抜けし後間を置かず馬糞掃除の車両現る

あとで聞くと、この演習は次の土曜日にも同じように行われ、その次の土曜が本番と言うことだった。エリザベス女王の誕生日は四月末なのだが、誕生パレードは毎年六月に行われるそうだ。女王のお祝いと言うより、軍の訓練の要素が強い行事ということだった。

スコットランドでは、留学中の夏目漱石が滞在したというホテルで昼食をとった。ピットロッホリーにある一八〇〇年代に出来たという館風の建物で漱石が使ったという部屋を見せてくれた。長期滞在したというので粗末な部屋かと思ったら案に相違してスイートルームだったので驚いた。ベッドには天蓋があり、バスルームはやたらと広かった。ロンドンでノイローゼになった漱石はここで心身をいやしたのだろう。庭には薄桃のアゼリアと真っ赤なシャクナゲが真っ盛りだった。

漱石の泊せしとふスイート見せくるる一一一年前のことなり

結社の力とは

『現代短歌』七、八月号が「結社の力」という特集をしている。色々な結社の代表や発行人が思いを書いているが、その中で参考になりそうなケースを取り上げてみた。

初めは「高齢化の波のはざまで」と題した『新アララギ』のケース（八月号）。筆者は雁部貞夫氏。氏によれば、平成十年に新アララギとしてスタートした時の会員は約三千人、歌誌のページ数は二百四十だったという。そして、この十五年間に、会員は半減（千五百人か）し、ページ数も百ページ減って百四十ページになったという。

「初めから高齢者の多い集団だったので、そのことは或る程度は予測されていたが、（略）これがもう少し小さな会で起こったとすれば、会そのものがとうに消滅したであろう」とあったので、小さな会であるわが「稜」を同様に検証してみた。

一九九七年三月に出た「百号記念特集号」を見ると、出詠者は四十四人、これに対して昨年（二〇一三年）十一月に出した「二百号記念特大号」は四十一人、残念ながら三人減っている。そこで、どのくらいの入れ替わりがあったか調べてみて驚いた。

百号に出詠して、二百号にも出しているのは十名に過ぎなかった。十六年の間になんと四分の三以上が入れ替わっていたのだ。

改めて高齢化による退会者の多さを知るとともに、それを補う新しい会員の入会によって「稜」が続いてきたことを思い知らされたのであった。八、九十代が退会したあとに五、六十代の人が入会するという新陳代謝がくりかえされて来たのだ。これが「稜」という結社の力であることを再確認したい。

もう一例は、結社の在り方というよりは、会員としていかにあるべきかについての論である。「集団の中での孤独力」さいとうなおこ（八月号）。さいとうさんは「未来」入会から四十一年というベテラン（年齢は七十）。彼女によれば、入会して十年間で結社から学ぶことは終わったという。そしてその十年にしたこととして①歌をよく読むこと②批評とは何かを知ること③師（指導者）の考え方を知ること④裏方を体験すること⑤結社の変容時の心の在り方。そして⑥集団の中の孤独力—を挙げている。

集団の中の孤独力についてははっきりは書かれていないが、自分の歌が下手だと気付いてもへこたれないこと。孤独は守っても仲間はずれにはならないこと、要するに結社の中で流されず自分を貫けと彼女は言っているのだろう。

虚構の許容度は

今年（二〇一四年）の九月号で発表された短歌研究新人賞「父親のような雨に打たれて」（石井僚一氏）が、物議を醸すというとちょっとオーバーだが話題になっている。

この作品三十首は、亡くなった（と思われる）父親を主題にした作品で、この作品を強く推した選考委員の加藤治郎氏は二次選考の選評で「沈鬱な挽歌である。（略）一連の初めに、閉鎖病棟にいる老人が描写されている。危篤の報せを受けて初めて父と意識されたのだ。そして、遺影となって父と向き合うことになる。（略）『ネクタイは締めるものではなく解くものだと言いし父の横顔』は一首で父の男としての生き方を写した」と絶賛したうえで、選考会でも「沈鬱な父への挽歌ですが、現代的な感じを強く受けました。五首ぐらい選ぶとかなりの水準に行っている。力量としては相当な作者だと思います。」と述べている。

ところが、受賞後、作者の父親は健在で、亡くなった老人は祖父と言うことが判明する。そしてその言い訳として作者は「自身の父親は存命中だが、死のまぎわの祖父をみとる父の姿と、自分自身の父への思いを重ねた」と述べている（北海道新聞）。受賞が決まった後、加藤氏は作者が二十五歳で父親が健在であることを知る。そこで加藤氏は騙された（という言い方がまずければはぐらかされた）と思うのである。そこで加藤氏は翌月号に「虚構の議論へ」という一文を寄せ「主題は自分自身の父への思いである。」ならば「祖父の死を父の死に置き換える有効性はあるのか、ありのまま祖父の死として歌う以上の何かが得られたのか。虚構の動機が分からないのである。父の死とした方がドラマチックであるという効果は否定できないが、それは別の問題を引き起こす。演出のための虚構である。肉親の死をそのように扱うのは余りに軽い」と嘆いている。

「父の死」というテーマは重い。選考委員会で穂村弘も「読んでいて迫力があります。モチーフが父の死だからということはあるけれど」と、モチーフに引きずられていた。

ネクタイの歌や表題になった「傘を盗まれても性善説信ず父親のような雨に打たれて」など父を詠んだ作品は選考委員の評価は高かった。なのに、何故「父危篤の報受けし」とか「遺影にて初めて父と目があったような気がする　ここで初めて」などと父を〝殺す〟必要があったのだろうか。

現代百人一首

二〇一三年一月に出た『近代秀歌』（永田和宏著、岩波新書）の姉妹編である『現代秀歌』（同、同）が二〇一四年十月に刊行された。『近代…』のあとがきで予告されていた本である。前作が〈これだけは知っておいて欲しい一〇〇首〉だったのに対し今作は〈今後百年読まれ続けて欲しい秀歌一〇〇首〉とオビにある。

『近代…』が落合直文から土屋文明まで、晶子、啄木、牧水、白秋、茂吉など明治・大正の著名歌人三十一人の百首を選んだのに対し『現代…』は塚本邦雄から梅内美華子まで百人を選んでいる。いわば「現代百人一首」でもある。書の構成は、前作同様に嘱目別に「恋・愛」「青春」「家族・友人」「日常」「社会・文化」など十の章に分けられているが、『現代…』には〈新しい表現を求めて〉という特別な章がある。

これは、〈現代〉の始まりとした前衛短歌およびそれに連なる歌人について述べた章で、塚本邦雄の〈革命家作詩家に凭りかかられてすこしづつ液化してゆくピアノ〉『水葬物語』から始まり、岡井隆の〈父よ父よ世界が見えぬさ庭なる花くきやかに見ゆといふ午《ひる》を〉『天河庭園集』の丁寧な解説のあと、葛原妙子、吉川宏志、加藤治郎、香川ヒサ等を紹介している。加藤の項ではあの〈ゑゑゑゑゑゑゑゑゑゑひどい戦争だった〉の歌は出て来ずホッとした。この章の最後は小島ゆかりで〈そんなにいい子でなくていいからそのままでいいからおまへのままがいいから〉『獅子座流星群』が紹介してあるのが意外だった。

『近代秀歌』を紹介したとき（『稜』二〇一三年五月号）も、この本は単なる秀歌鑑賞ではなく、作者の歌に関する考えが述べられた歌論書であると書いたが、今回も同様の感想をもった。一例を挙げる。志垣澄幸の項の一文である。「ここで私は短歌においては、上句で『問』を発し、それを下句で『答』える、これが定型の基本的な上下句の意味であると考えた。この一首では『退くこともはやならざる』と言う上句のような心情、言いかえれば『問』をもったときに、如何に下句で『答』えるのかその『答』えにあたるものが、『風のなか島流されて森越えゆけり』だと考えられる。」上句と下句の在り方を考察した見事な仮説である。

『新南風』の創刊

数年間休刊していた『南風』が一月中旬『新南風』として再スタートした。歌誌の廃刊が相次ぐ中で、嬉しいニュースである。再刊のきっかけは、県立大学副学長の半藤英明教授と南風会員の出会いだった。教授の古典講座を受講していた会員が教授が歌人であることを知り、主宰に迎えたいと懇請したのである。高齢化で退会者が相次いでいたが、十人の会員が残っており、この人達が奔走して創刊号は出詠者十六人、取り敢えず季刊のスタートとなった。

この機会に、『南風』のことを知りたいと、創立会員の堀川富美さんにお願いして、創刊号のコピーを送っていただいた。南風の創刊は昭和二十七年十月一日である。創刊のきっかけは、徳島大学教授で「徳島歌人」主宰の蒲池正紀氏が熊本商科大学教授に転じ帰郷されたことがきっかけで、「龍燈」の西村光弘氏の要請により、『龍燈』に代わる新しい歌誌としてスタートした。このへんのいきさつは今回の『新南風』の創刊と似ていないでもない。

『龍燈』は昭和十九年の一県一歌誌の統合の際、西村氏が多忙等により編集・発行を「熊本歌壇」の某氏に委ねた結果、事実上乗っ取られる形となり、「龍燈」の歌人たちは退会せざるを得なかったのである。

したがって『南風』発刊時にも『龍燈』は存在していた。蒲池氏は「歌壇消息」欄で〈『龍燈』は鶏の写真を表紙にして養鶏雑誌みたいである。五六月合併号の後記に

「原稿の集まりがどうも思はしくなく」〉とからかっている。また、編集後記では〈たまたま安永信一郎氏が『椎の木』を再刊することになったので僚誌への友誼から本誌の創刊を二カ月遅らすことにした〉と書いており、熊本を代表する二誌が同じころ再スタートしたことがうかがわれる。

が、それにしても、『南風』の出発は華やかだった。「流派を越えて、お互いの個性を尊重」するという方針によって各派の在熊歌人が集まり、創刊号の出詠者は百二十名、評論を岩下雄二氏が執筆しているほか、荒木精之、高田素次、森川譲、黒木伝松の各氏が短歌や文章を寄せている。

そして三年後に出版された合同歌集には百八十名を超える人が出詠しており、この中には石牟礼道子氏の名前もみえる。後記で蒲池氏は「郷土の代表的歌誌の観を呈するに至り、歌壇の各方面にも注目せらるる」と書いている。

雛罌粟《コクリコ》

五月末から十日ほど中央ヨーロッパを旅してきた。行ってきたのはハンガリー、スロバキア、チェコの三カ国である。宿泊したのは三国の首都のほか、チェコのブルノ（チェコ第二の街）と町全体が世界遺産のチェスキー・クルムロフの五カ所。いずれも十四世紀から十六世紀の古い街並みが残っている都市である。

中でもチェスキー・クルムロフは、モルダウ川に囲まれた人口一万三千人の小さな町だが、日本風に言えば中世が色濃く残った〝小京都〟であった。チェスキーというのはボヘミアのという意味で、クルムロフ（川の湾曲部の湿地帯の意）という町がモラビア地方にもあるのでそう呼ばれている。

偶然なことに、ここには前回の「絵画を詠んだ歌」で紹介したエゴン・シーレ文化センターがあった。彼はオーストリアの生まれだが、母親の里がこの町だったので、二十代前半をここで過ごしていたらしい。ビール工場跡を改装して作られた美術館はなかなか立派だったが、残念ながら展示作品はスケッチばかりで、この町の風景を描いた油彩作品約十点は印刷されたものだった。どうやら彼のおどろおどろしい作品が当時の町の人々に受け入れられず、エゴン・シーレは失意のうちにクルムロフを去ったということらしかった。それで「文化センター」として、チェコの現代作家の作品なども並べていた。

さてこれからが本題である。スロバキアからチェコへ入るまでは大平原が続き、行けども行けども麦畑という道程であった。（チェコが近づくにつれて馬鈴薯や菜の花畑も見られたが）。その麦畑の縁に真っ赤な花が咲いていた。所々に畑いっぱい紅い絨毯を敷いた様に咲いている場所も。その花が野生のヒナゲシと聞いた瞬間、ひらめいたのが、与謝野晶子の〈ああ皐月仏蘭西の野は火の色す君も雛罌粟《コクリコ》われも雛罌粟《コクリコ》〉の歌である。

「晶子が見たのはまさにこの風景だったのだ」と直感した。

帰国して調べたら晶子が夫寛を追って渡仏したのは明治四十五年の初夏、パリには五月十九日から六月二十日まで滞在している。その間にパリ南西のトゥールで夫とともに野の雛罌粟を見てあの歌を詠んだ事がわかった。トゥールは北緯四七度、スロバキアのブラチスラバは四八度である。多分同種の雛罌粟であろう。
深紅なる花は野生の罌粟といふ「野は火の色す」と詠みし晶子は

画集『死者のために』

先ごろ亡くなった宮崎静夫さんの画集『死者のために』を頂いた。一九七〇年から二〇一一年まで作家が四十年に渡って描き続けた畢生のシリーズである。このシリーズについて、宮崎さんは「ヨーロッパから帰り、沈潜のあと描き始めたのは、花に覆われた墓塚「夏の花」からだった。それは「晴れた日に」「墓を訪《と》う」と続き〈死者のために〉のシリーズとなった」と書いている。（「青春の墓標」＝『十五歳の義勇軍』）

記念すべき第一作は墓塚を包むように咲く「すかしゆり」を描いた作品で紅い花を

描いたのはベルギーでみたヴァンエイクの作品の深い赤に感動したからだと言う。「晴れた日に」は夏の草原（シベリアと思われる）の上に雲が流れる画だが、その白雲が髑髏の形をしていて、シリーズのほとんどを占めるモンタージュの手法が初めて登場する、この「髑髏」についても、パリのカタコンベ（地下墓所）で見た人骨の山が青春の記憶を呼び起こしたとも書いている。

「墓を訪う」は百合と老婆のモンタージュで、それ以降素材を変えながらシリーズは続く。中でも繰り返し登場するのは、シベリアの草原、兵隊の集合写真、鳥の羽、鉄砲ユリ、軍靴、喇叭《らっぱ》、パンなどシベリアの記憶に繋がるものたちである。鳥の羽については、「帰心」を象徴したものと作者自身が解説している。

後半になって、夏の草原が、凍土の丘になり、花に変わって冬の外套が登場するが、作者が体験した極寒のシベリアの生活そのものは描かれることはなかった。作品には作者の深い悲しみが籠り、見る人を感動させるものがあるのは確かだが、モンタージュという手法の限界もあった。事実、この個展を観た人から「戦争懐古」の絵だと誤解による糾弾さえ受けたことがあるという。

美術評論家の針生一郎氏は宮崎氏の良き理解者だが、「過去と現在のモンタージュによって構成されるそれらの作品は、時間を切断して死者を追憶させるには有効だが、そこでの死者もあまりにも一般的、抽象的である」（「宮崎静夫の作品について」）と物足りなさを述べている。これに対して宮崎氏は「（針生氏は）長文の評論を書いてくれたが、そのなかで『宮崎静夫は、もう一歩トラウマをつきぬけて、彼にしか描けない個別的、具体的状況を描き出してほしい』と述べ、「記憶の底から恐怖、抑圧、絶望の状況をさらに発掘してほしい……」と記して、針生さんから私への課題としている。（略）のっぴきならぬ中で生きた青春をどう表現するのか。八十歳を超えた私の残りの時間は僅かしか無い」と応えている。（「針生一郎さんからの課題」）

あれだけの深い反戦の思いを持ち、あれだけの筆力を持ちながら〈宮崎静夫〉は〈香月泰男〉を超えることが出来なかったのは何故か。それは、ひとえに宮崎氏の優しさにあると私は思う。画集の冒頭の「兵隊色の絵」の最後の言葉「絵を描くということは、染みついた兵隊色を生涯をかけてぬぐいとる作業かも知れない」にそれは如実に表れている。

人生の一日

久しぶりに本棚から「阿部昭」を一冊引き出して再読を始めた。自室の本棚の二段目は全十四巻の『阿部昭集』をはじめ、ほとんどが阿部の作品で埋まっている。今回手にしたのは、比較的晩年の短編集『人生の一日』である。

阿部は私より五つ年上だったが、平成二年に五十五歳の若さで急逝した。最初に読んだ彼の作品は昭和三十七年に文学界に載った「子供部屋」である。これは彼のデビュー作で、知的障がいで施設に居る兄を母と訪ね、兄弟の幼年時代を回顧する物語で、事実に基づいて書かれた私小説である。一読、感動した私は、彼の作品を見つけるようにしては読み漁り、単行本が出ればすべて買うようになった。

さて本題の『人生の一日』である。この作品は彼が辻堂に仕事部屋を構えた昭和五十年の作品である。海風の強い日、作者が二階で執筆の準備をしていると、小学二年生ぐらいの男の子を連れた中年の婦人がやってきた。彼女は宗教の勧誘をしている人で、子供にマニュアルを言わせ、チラシを差し出し二部で五十円という。しかし、彼は受け取らず、親子は風の町へ出て行く。以下、この作品の重要部分を引用する。

（あれもあの子には人生の一日なんだ……）

＊

人生の一日。

しかしその時ふっと私の唇をついて出かかったこの一ふしの言葉のおかげで、私は自分が永年心に感じながらろくに考えもしないできた或る事柄に、あらためて突きあたったように思った。

いやそうではない、と私は考え直したのだ。あの男の子はきょうという一日のことを完全に忘れ去るのではない。いったんは忘れるかもしれない。だがそれは他のどんな一日にもまして強く思い出すために、しばらく忘れたふりをするのにすぎない。そうして彼が何年か先のある日、どこかの海辺を吹きわたるつよい風のなかで、きょうという一日のしかもあの一分たらずの時間を、見知らぬ家の玄関先ですげなく追い返された瞬間と母親がなにかつまらぬことでよその男に心を傷つけられた瞬間とを思い出すとき、彼は名前を知らないこの私の顔もありありと思い出すのだ。しかもその記憶がよみがえったが最後、死ぬまでずっと彼につきまとうだろう。どうしてあんな何でもないような平凡な一日が、事あるごとにまっさきに思い出されるのか、大人の彼は当惑しつづけて一生を終るだろう。だがそれはその日が―私流に言えば―彼にとって「人生の一日」であったからだとでも言う他はない。

＊

平凡だが、忘れられない人生の一日。

我々はまさしくそうして一日一日を生きている。これを再読したあと、次の歌集の題はこれだと確信した。

独り善がりの歌

現今の短歌雑誌や新聞をにぎわしているのは服部真里子という新人歌人である。昨年（二〇一五年）の〝父親殺し〟という虚構論争に続いて、今回のテーマは「読み＝

理解」の問題である。服部氏は一九八七年生まれの二十八歳。早稲田短歌会を経て「未来」入会。一昨年（二〇一三年）歌壇賞を受賞、昨年（二〇一四年）、第一歌集『行け広野へと』を上梓した。

問題の発端は今年の『短歌』四月号の「次代を担う20代歌人の歌」に載った〈塩と契約〉七首の冒頭の歌である。

水仙と盗聴、わたしが傾くとわたしを巡るわずかなる水

批評を担当した小池光氏はこの歌について次のように書いた。

「一首目『水仙と盗聴』の歌、まったく手が出ない。これは何か？　耳の奥の平衡器官に水のようなものが蓄えられていて、身体の平衡を司ると聞いたことがあるが、そのようなことが歌われているのであろうか。しかし『水仙』とは何か。イメージが回収されていないのでキツネにつままれたようである。（中略）もう少し作者と読者の間に共有するものがある歌であってほしい。作品が作者のものに止まっているかぎ

り、客観的に自立した作品の誕生は望めない。」

まさしくその通りという正論である。が、彼女はこれに反論し（『歌壇』六月号）「作者と読者は、そもそも言葉を共有することが出来ない。（略）『読む』という行為は作者の意図を探ることでなく（略）『わからなさ』という空間を」歩きまわってほしいと書いた。

簡単に言えば、歌の意味や意図はわからなくていいから抽象画を見るように見てくれというのだ。抽象画は描かれた物すべてがさらけ出されているから鑑賞できるが、短歌はそうはいかない。

その後、『短歌』七月号の〈歌壇時評〉で大辻隆弘氏がこの問題を捉え、「読みのアナーキズム」と題して「服部は歌を自解していない。（略）制作意図を隠蔽したまま小池の『読み』を批判している」と批判したうえで、服部の言う「作者と読者は言葉を共有できない」というのは、「単なる臆病に過ぎないのではないか。コミュニケーションの拒否に他ならないのではないか」と断じた。その後も論議は続いているが、私に言わせれば一番の問題はこんな欠陥の多い歌を作った人の歌集に「現代歌人協会賞」と「日本歌人クラブ新人賞」を与えてしまったことである。甘やかしと言われても仕方ないのでは。

解釈と鑑賞

前号に続いて短歌の「読み」について考えてみたい。というのも、『短歌研究』二月号に格好の評論を見つけたからである。それというのは――短歌時評「〈読み〉の定義」（小島なお）である。

小島は、昨年目立ったのは「読み」の問題だったとしたうえで、「一首の〈解釈〉と〈鑑賞〉は区別して論じられるべきではないか。そしてわかる／わからないのは〈解釈〉と〈鑑賞〉のどちらなのかという点を明確にしなければいくら議論を重ねても着地点を見つけるのは難しい」と〈解釈〉と〈鑑賞〉を区別する必要を述べている。

そのうえで〈解釈〉について高野公彦の「短歌を読む時、読者は表現されてゐることを全て読み取らなくてはならない。と同時に、表現されてゐないことを勝手に読み取ってはいけない」(『うたの回廊』)や玉城徹の「その人でなければ出来ないような独自の『読み』、いわば個性的な『読み』などというものが存在することを、わたしは、絶対に信じない。もしそういうものが存在するという仮定を許すなら、たちまちに『独自』『個性的』を偽装した『読み』が、そこにも、ここにも出現するでしょう」(吉川宏志時評集『読みと他者』)などを引用しつつ、「〈解釈〉が成立しない歌について、〈解釈〉を曖昧にしたまま、ときに過大な〈鑑賞〉がされることの危うさも見逃してはいけないだろう。一首に表現されている内容を超えて、読者が一首から受ける印象やイメージをもとに想像を働かせて読んでしまうことには疑問を感じる」と述べている。

この時評で小島は服部真里子の「水仙と盗聴」の歌に直接触れてはいないが、「曖昧な解釈のままの過大な鑑賞」や、「印象やイメージをもとに想像を働かせる読み」という記述は、比較的若い世代の歌人(例えば大森静佳が「最大公約数的な解釈しかしなかったら読みの本当の面白さや価値はどこに行ってしまうのだろう」などと書いて服部を援護しようとしたこと）に対する痛烈な批判として読むことが出来る。そして結論として「作者は自分の意図する意味・内容をできる限り正確に読者に〈解釈〉させる努力が必要である」「作者としての喜び、読者としての喜びは、明確な〈解釈〉に基づく豊かな〈鑑賞〉にあるはずだ」と明確に述べている。

私がこの時評に注目したのは、この執筆者が比較的若い歌人（彼女は昭和六十一年生まれ）だったことにもある。そして、紛れもない正論であると思うのだが、同世代の歌人の反論も聞いてみたい気もするというのは欲張り過ぎか。

『思川の岸辺』を読む

小池光氏の『思川の岸辺』を読んでいる。二〇一〇から一三年にかけて詠まれた五百首を超える作品を集めた氏の第九歌集である。氏は二〇一〇年の十月に最愛の妻をガンで亡くした。したがって、歌は妻の死の前後に詠まれたものである。一言でいえば妻恋いの歌集である。作者の妻を思う気持ちは深く、しみじみとした味わいに満ちた歌集である。それは、同じように最愛の妻を亡くした永田和宏氏の歌と比べると、ちょっとした違いを感ずる。後者には妻を労る余裕があり、少し理屈っぽいのに対して、前者は理屈抜きで妻を想う悲歌である。

それは、永田夫婦が年が離れ、大学時代（？）に出会ったのに対し、小池夫婦は高校時代からの知り合いだからかもしれない。それを知ったのは「十五歳夏のはじめの出会ひにて四十八年のちのわかれぞ」という歌によってで、多分二人は高校の同級生だったのではなかろうかと想像した。

亡くなる前の歌を数首引く

○ひよどりの水浴びをするありさまを突然みては妻とわれわらふ
○おとうさん、とこゑして階下に下りゆけば夕焼きれいときみは呟く
○連翹の花の蜜吸ふひよどりにいくらのいのちが残されてゐむ

最後の歌は叙景歌ながら、妻の余命に思いを馳せた歌。同じような歌が妻の死後の

歌にもある。
○白鷺の眠る木ありてことしまた白鷺ねむるきみはなくとも
亡くなってからの歌
○掃除機のコードひっぱり出す途中にてむなしくなりぬああ生きて何せむ
○亡くなりてきみ五月《いつつき》となれる間にありとあらゆることが起きたり
○母の死などなかったやうにふるまへる夏のこころや志野のこころや（夏は長女、志野は次女）
○洗ひ上げし猫をきみより受け取りてタオルに包みし日々をおもふも
○政治家は悲しみにひたるいとまなし自民谷垣も妻をうしなふ
○ごはん炊いてうなぎをのせてひとり食ふ坂下るごと一年過ぎて
○そこに出てゐるごはんをたべよといふこゑはとはに聞かれず聞かれずなりぬ
この歌は作者の代表作の一つである「そこに出てゐるごはんをたべよといふこゑすゆふべの闇のふかき奥より」を本歌にした歌で、「聞かれず」のリフレインが悲しみを深くしている。

まさしく味わう歌集であると思いながらページを捲っている。最後に集の題ともなったこの歌で終わりたい。

○思川の岸辺を歩く夕べあり幸うすかりしきみを思ひて

地震のあとさき

今回の地震で幸いにも我が家は被害を免れた。まだ築十六年と比較的に新しい家である上に、昨年十五年目というので、外壁や柱、瓦の点検をして一部リフォームしたことが幸いした。また本棚や食器棚が観音開きでなく、引き戸であったことも、本や茶わん類の落下を少なくした。この機会に、地震から学んだことを書き留めておきたい。

震災に役立ちしものポンプ井戸、卓上コンロにT-falの湯沸かし

我が家には親父が作ったポンプ汲み上げの井戸がある。日常的には庭の水撒きや鉢花の水やりに使う程度だが、今回の断水時には大いに助かった。汚れもの洗い、水洗トイレの水など、もし井戸がなかったらと思われるほど活躍してくれた。近所の花鉢にも提供して喜ばれた。また、地震を機にトイレの流し方も変わった。これまで「小」を回す（「大」の反対）ことはほとんどなかったが、水を補給してみて「大」は一回で全部流れてしまうことが分かったので以後は「小」の時は「小」を回すようになった。

ガスはなかなか復旧せず、卓上コンロは大いに役に立った。その脇役として活躍したのが電気湯沸かしポットである。コンロは一口なので、お湯を沸かすのにも時間がかかり、料理も一つしか出来ない。料理をしながらポットでお湯を沸かしておくと、次の味噌汁もすぐできるというわけだ。

積ン読は地震のための読書法壊れし山を整えてゐる

わが書斎では本棚に入らない本は平積みにして、部屋半分を占めている。作り付けの本棚からは最上部の一部が落下したが、平積みの方は少し崩れただけで大丈夫だった。ただ、便利だと思って通信販売で買った縦型の本載せは余震でも本が落下し、地震時には役立たないことが分かった。

会議・催事、遊山もなべてキャンセルにビオラの花殻摘むほかなけれ

地震のあと、公民館や映画館など公共的な施設が地震のため使えない状況が長く続いた。被災した方々には申し訳ないが、そのおかげですることがなくなり、退屈な日を過ごした。見たいと思っていた是枝裕和監督の映画「海よりもまだ深く」も熊本ではいつ上映されるかわからないので、新幹線で博多まで行って観てきた。

城が崩え水前寺の水干上がりぬ殿様懸かりの街のゆくへよ

いま、一番の心掛かりは熊本城など文化財の修復である。お城だけでなく多くの古い町屋も倒壊したと聞く、城下町熊本の再興はなるのだろうか。

推敲とは

阿木津英さんから『短歌講座キャラバン』（現代短歌社新書）という著書をいただいた。あとがきによると、一九八七年から始めたカルチャー教室で生徒さんの指導用に作った小冊子の二十年分をまとめたものだという。いわば初心者向けの短歌入門書ではあるが、一般向けに書いたのではなく通常相対する人に向けての助言集であり、著者も若かったのでなかなか迫力のある指南書となっている。

この本の中で私が最も注目したのは、推敲についての一文である。推敲はその文字から、唐の詩人賈島が「僧推月下門」を「僧敲月下門」にただしたというのが由来で、一般には一度作った作品を読み直して練り直すと解釈されている。ところが、阿木津さんは「推敲は掘り出すこと」であると言う。

「推敲ということは、本当に難しい。自分の歌ほど、わからないものはないからである。下手な推敲をするより、新しい気持ちで、新しい歌を作った方がいい場合も少なくない」と書き出し、推敲には五つの側面があるとする。それを簡単に紹介すると①語句の言い回しの未熟を訂正する②曖昧さを明確にする（具体的でありありと目に見えるように）③言葉の不正確さを排除する④上塗りするのではなく、掘り出す⑤おのれの力量を知る—の五点である。

①から③までは誰もが理解するだろう。添削で直されるときのことを考えるとよくわかる。問題は④である。阿木津さんは言う「推敲とは、なだらかに、歌らしく、上手に、完成させていくことではない。自分の内部に突き上げてきたものの正体をくまなく掘りあげて、明らかにするのである。推敲の①②③が未熟だと、それがなかなかうまく出てこないが、（略）とりあえずおおかたの正体をそこに取り出すということ

が最も大事なことである。何かありそうに思ったけれど何にもなかった、ということも、もちろんある。そういう場合は、捨てる。中身がないのに、上塗りだけしている歌ほど、退屈なものはない」と。簡単にいえば歌の出来た発想の原点に戻ってみるということだろう。その発想が貧しければ別の歌を作れと彼女は言っている。推敲は修正ではなく、改訂でなければならないのだ。

⑤も面白い「初心のものは、誰でも自分に力量などというものはない、と思っているから問題はない。力量らしいものが身についてくると、(略)自分に対する期待値が高くなってくるから、苦しい。そういう時には—残念紙数がつきました。あとは教室で」ここでは結論を述べていないが、推敲はおのれの力量を思い知らせてくれるよい機会であると作者は言いたかったのであろう。

県民文芸賞と熊本地震

今回は県民文芸賞と地震のかかわりについて述べてみたい。私は昨年（二〇一五年）から短歌部門の選者をしているが、今年の短歌の応募作品は四十七編。そのうち、地震を詠んだものは一連十首が十七編、五首入ったものが四編で計二十一作が震災詠だった。実に四割を超える作品が地震関連だった。短文芸はいずれも同様な傾向で、俳句も三割、川柳もかなりの作品が震災詠だったようだ。（肥後狂句は「笠」が五題出されるので震災だけで作ることは難しい）。

これに反して、小説やノンフィクション部門には地震に関する作品はほとんどなかったようで、これは締め切りが震災から四カ月後の八月で、長編部門には地震を作品に反映できるまでの時間が足りなかったのではないか、来年には地震関連作が寄せられるのではというのが審査員の観測だった。

震災作品の出来栄えについてだが、特に俳句には目立った作品はなかったとして、上位三席には一篇も入らなかった。これに対し川柳は一席と三席が震災詠であった。

時事を詠むことを得意とするジャンルの面目躍如というところか。

作品を紹介すると〈想定外でしたで済まぬ後遺症〉〈格闘を覚悟石垣とのパズル〉〈身ひとつを迎える仮設青畳〉（一席＝森永可恵子）〈半壊の我が家どきどき住んでいる〉〈解体の更地に明日の夢を盛る〉（三席＝中田美保子）

さて、短歌部門である。三席までには一篇が入った。わが「稜」の西梅孝子の作品が二席になったのである。このほか、入選の五位、七位、八位も震災詠だった。作品を紹介しよう。まず西梅作品。

○芍薬の花崩れたり大いなる地震《なゐ》に揺れたる未明の庭に

○巨《おほ》いなる地震の真中に今日もゐて余震に揺るる誰も彼もが

など地震を直接詠んだものもあるが

○被災せし家並みの上をひるがえり燕群れ飛ぶ朝は明けて

○ブルーシートを掛けし家より聞こえ来る夕べ食器のふれ合へる音

など地震後の風景に着目した歌に秀歌が多く選者たちの好感を呼んだ。

これに対し、五位の中川弘子の作品は地震直後の一連。

○割れる音倒れる音に軋む壁子の手握れば「トイレ」と言いぬ
○花器、仏具散乱したる部屋の中迷子のように父は佇む
など緊張感のある作品群だが、詩としての完成度は今一つと評価された。
○しづまらぬ体抑へてしづまらぬ心抑へて居ぬしばしの間（七位＝小嶋順子）
○とび交ふに止まるに明かき群蛍余震しきりの闇夜に灯る（八位＝伊藤裕子）

短歌新人賞について

昨年（二〇一六年）八月に行われた第六十二回「角川短歌賞」（『短歌』十一月号掲載）と同年十一月に行われた第二十八回「歌壇賞」（『歌壇』十七年二月号掲載）の結果と経過があまりに似ていて、思わず笑ってしまった。その裏には建前と本音が透けて見える場面もあり、短歌新人賞の選考の在り方について考えさせられた。（以下文中の敬称は略す）

まず角川賞の結果と経過を見てみよう。受賞作は佐佐木定綱「魚は机を濡らす」と竹中優子「輪をつくる」の二者。前者は佐佐木信綱の曽孫で現代歌人協会理事長佐佐木幸綱の次男三十歳。後者は無名の新人「未来」入会一年の三十四歳である。選考経過は予選通過作三十四編に選者四人が投票、竹中作品には小池光、東直子が◎島田修三が○を付けた。点数にすると五点、佐佐木作品には島田と米川千嘉子が◎の四点。一位と二位であった。この二作を中心に意見が交わされるが、小池、東は佐佐木作には瑕疵《かし》があるとして、推さなかった。対立が続いたが結局二者受賞で落ち着いた。

次に歌壇賞を見る。受賞は大平千賀「利き手に触れる」と佐佐木頼綱「風に膨らむ地図」の二者。前者は無名の新人。歌歴六年、短歌人会入会三年の三十四歳。後者は角川賞の佐佐木定綱の兄にあたる。「心の花」所属三十七歳。選考経過は予選通過三十編から、この二作が四点でトップに並んだ。前者は三枝昂之が◎東直子と吉川宏志が○、後者は伊藤一彦が◎水原紫苑と吉川宏志が○で角川賞と同じく選者は二つに割れ、後者に厳しい発言をしていた三枝が二者受賞を提案して決着した。作品内容にはあえて触れなかったのは、選考の経過を雑誌で読んでほしいと思うからで、微妙なニュアンスは要約では伝えにくい。

今回の二つの選考で思ったのは両賞とも二者になったことの不思議である。角川は六十二回のうち二者受賞は十回目、歌壇の方は分からないが、そんなに多くはないはずだ。第一回の角川賞が選考委員の五人（木俣修、近藤芳美、前川佐美雄、宮柊二、佐藤佐太郎）がそれぞれの弟子を推してまとまらず該当作なしになったのは有名な話で、編集部は二回目には有望な新人に応募させその中から選考委員に選んでもらうことにし、それで受賞したのが安永蕗子であった。今回の選考経過を読んでいて、釈然としなかったのは、佐佐木兄弟を推した人たちが、作者が誰であるか知って選考会に臨んでいたであろう（建前はあくまで無記名であるが）と思われたことである。それともそれは私だけの思い過ごしだろうか。

熊本町並画集

『甲斐青萍熊本町並画集』（伊藤重剛編著）が送られてきた。発刊に際してカンパしたので、市販に先駆けて手にすることができた。甲斐青萍は明治期の熊本を代表する日本画家で、わが母校〈熊本中学〉の美術教師でもあった人だ。彼が熊本の昔の町並みを描いていたことは知っていたし、面白そうだとは思っていたが、実際に画集を手にして驚いた。オビにもあるようにその並外れた記憶力と筆力、さらに圧倒的な量（枚数）にはびっくりさせられた。

中でも「熊本城下町並図屏風」（安政年間）「熊本明治町並図屏風」（明治三十年代）は、いずれも丁寧に描かれた鳥瞰図で、家屋敷だけでなく、道や敷地内には人物も細かに書き込まれている。例えば、明治の手取本町、藪之内の部分では、熊本監獄舎（現在の熊本市役所）、県立病院（九州郵政局）、県立濟々黌（ホテル熊本キャッスル）、研屋支店（大劇会館）、有吉邸（市役所裏飲食街）などが細かに描かれて、明治と現在の町並みを比較しながら楽しむことが出来る。監獄には囚人と看守、病院には白衣の看護婦、高等小学校には詰襟の訓導と着物姿の子供が描かれ、道には人力車や日傘の女性、物売りなどの姿も見える。

さらに「追憶の熊本」と題したスケッチは、記憶で描かれたとは思えぬほど正確で緻密である。厩橋を渡った左側にあった熊本電灯会社のレンガの建物（現在は熊本稲荷神社駐車場）、同橋の下流の監獄前（市役所前）の坪井川にあった階段状の船着き場とそこに舫う高橋船（荷物運搬船）など、往時の熊本を髣髴《ほうふつ》とさせてくれる。後藤是山翁聞き書きの時、当時の九州日日新聞の軟派主任（社会部長）が毎日昼間に入っていたという銭湯（「梅の湯」のちに「もみじ湯」）も今の鶴屋入口に描かれている。

またこの欄で書いた城東小横の「六工橋」は、「第六工兵隊」が造成したのでこの名がついたと推測していたが、今回この橋は「工兵隊橋」と呼ばれ、それは千葉城（西年金事務所から県立図書館分館にかけて）に第六工兵隊が置かれていたためと分かった。

古地図を見るのも楽しいが、それにもまして絵地図を眺めるのは面白い。そう考えていると、例えば、今回の熊本地震も被害報告書や写真集も良いが、短歌作品を残しておくことの意義も大きいのではないかと思い至った次第である。くまもと文学・歴史館の『震災万葉集』に期待したい。

オンフルール

五月末から、二週間フランスに行ってきた。約十年前のパリに次いで三回目の渡仏である。今回はプロバンスを振り出しに、南から西への旅。プロバンスを六時とすれば、七時がアヴィニヨン、カルカソンヌ。八時ボルドー、九時がモンサンミシェル、十時がオンフルール、そしてジヴェルニー、パリが終点である。

プロバンスは能の狩野先生が同地に能舞台を寄贈されたこけら落としに同行したので二回目。見どころはセザンヌのアトリエだが、前回と変わるところはなかった。ただ、ミラボー通りの噴水の広場に前はなかったセザンヌの大きな銅像が立っていた。

アヴィニヨンは、城砦都市で、ここには七十年間ローマ法王庁が置かれ、七人の法王が居たことを初めて知った。着いた夜、ＢＢＣをつけたらマンチェスター・テロのニュースをやっていて驚いた。

マンチェスター・テロを報じるテレビ見る対岸の国に入りて二日目

隣のアルルではゴッホの絵で有名な跳ね橋と夜のカフェテラスに行ったが、とくに跳ね橋はちゃちな（移築して渡れない形だけのもの）で、トロイの木馬の模型を思い出した。カフェのアイスティーはぬるくて薄甘いひどい代物だった。

カルカソンヌは事前の知識なしで行ったのだが、十五世紀の城郭都市がほぼ完全に残っている世界遺産で、フランスではモンサンミシェルに次ぐ観光地とのことだった。ボルドーから新幹線でロワール渓谷に行き、古城ホテルに二泊、家電の一切ない生活を体験した。

モンサンミシェルは日本人観光客だらけという感じ。セーヌ河口の町オンフルールは、雰囲気のある町で、作曲家エリック・サティの生家があった。公園に古いタワーのようなものがあったので近寄ってみたら昔の灯台が以前の所にそのまま建っていて、それを描いたブーダンの絵も添えられていた。

今回最も楽しみにしていたモネの庭のジヴェルニーは村全体が良い雰囲気ではあったが、なにせ観光客が多いのには参った。睡蓮の池は美しかったが、思ったよりも狭かった。

帰りのドゴール空港では不審物騒ぎで、四十分ほど待たされた。持ち主不明の荷物があると処理班が爆破するのだそうで、よくあることだと現地のガイドはこともなげだった。

〈文語・旧かな〉の命運

『短歌』七月号の「歌壇時評」を読んで驚いたのは、私だけではあるまい。筆者は山田航（やまだ・わたる）氏。タイトルは「もはや抗えないもの」である。

彼は「もはや時代に抗えないものもあるのではないか」と書き出す。その「時代に抗えないもの」とは何か。それは〈文語・旧かな〉という表記であるという。

山田は『歌壇』二月号に載った目黒哲朗氏の「生きる力」十二首を取り上げた。この歌は昨年（二〇一六年）十月に浦安市で起きた女性による路上での三人切り付け事件を取り上げた一連。この犯人の三十二歳の女性が高校時代自らの教え子だったため歌にしたのだった。山田が取り上げた作品は次の四首である。

○絶望をした裕美さんがちからなく防犯カメラの画角を歩む
○「悩むことが限界になりやけになつて人を刺した」と供述せりき
○「物静かな普通の女性。会へばいつも挨拶をする人だつた」われは
○「ならばまづお前が死ねばいい」といふ書き込みのあり目を閉ぢて読む

「どうやら彼女は作者のかつての教え子だったらしい。絶望をする前の『裕美さん』はいたって普通の女性だったことを主張し、まるで犯罪者はみな生まれながら犯罪者であったかのように差別的に扱う報道やネット言論に静かに憤る。真に迫る作品である」山田はこう作品を評価しながら「しかしその一方でこの作品について気になった

ことがある。それは文語旧かな表記である点だ。この文体で現実の体験を描こうとしていることが、真摯さを減じて」いると指摘する。さらに「文語旧かなで書かれた時事詠や社会詠には、作者が高齢である場合を除いて、拭い去れない違和感」があるとして、「現実社会を描く方法論としてもはや文語も旧かなも適していない。誰が悪いわけでもない。純粋に時代に抗えないのだと思う」と断定する。

山田は三十四歳。平成二十一年に角川短歌賞と現代短歌評論賞をダブル受賞した俊才であり、若手の論客である。彼自身旧かな表記を使いながらもこの結論に達し、戦後生まれの歌人はこの文語・旧かなという〝うそくさい〟文体を使わず、口語新かなで詠え！　という。口語短歌に違和感を覚えながらも、時代だからとあきらめてきたが、この分だと遠からず文語・旧かなの歌は姿を消すのであろうか。

文字と言葉　―最近の歌から

『短歌研究』十月号の巻頭作品を読んでいて面白い発見をしたので、秋の徒然に紹介してみたい。

始めは東直子さんの「夏の避雷針」三十首の中から。

○姉と肺と柿を並べる空間を世にもうつくしい市とする

一読したときは気付かなかったがこれは文字遊びの歌で、旁《つくり》に市のある漢字を三つ集めた面白い試みの歌だとわかった。姉と肺と柿が売ってある市場など存在しないが、それをあえて「世にも美しい市とする」とまとめたところがすごい。似たような歌が『歌壇』五月号にもあった。それは

○夕ぐれの駅に三人は待ちてをり春といふ字の成りたちとして

「春の類似語」越田勇俊

これは春という文字が「三人日」で成り立っているのを踏まえた歌で同じような文字遊びの歌である。そこで私も文字遊びの歌を作ってみた。

この秋を私は和む野分逸れ銀木犀の粒花咲けば

お分かりのように禾偏の文字を三つ並べただけの単純で平凡な歌だがお許し願いたい。

次は高野公彦氏の歌から。この方は面白い歌を実験的に作ることを率先している歌人であるが、今回は言葉遣いについての歌が目に留まった。

○省略語いとひて来しが「朝カル」と手帳に記しみづから嗤《わら》ふ　「蕾をほどく」

「箱根駅伝」に（えきでん）というルビを振ったのをズルビと言うような人だから、省略語にも厳しい人なのだが、手帳に書く時は「朝日カルチャーセンター」をついつい「朝カル」と書いてしまったのを自嘲した歌。

最近の省略語は特にテレビ界がひどい。〈朝ドラ〉（連続テレビ小説）、〈月9＝ゲック〉（月曜午後九時のドラマ）に始まり「クローズアップ現代」を「クロゲン」、最近では「シブ5時」（渋谷発五時の意と思われる）など初めから省略したような番組名

まで出現した。これも現場では「シブ5」などと省略しているのかも。もう一首は
○「焼鳥になります」と佳き乙女いへり〈普通の言葉〉滅びゆく日本
これは飲食店で「焼鳥お持ちしました」「焼鳥でございます」と言うべきところ、マニュアルなのかどうか知らないが、若いウエイトレスが「なります」と言ったのを嘆いた歌。日本語の乱れはひどい。

慶祝　第五回現代短歌社賞受賞

「虹」所属の生田亜々子さんが第五回現代短歌社賞を受賞された。短歌総合誌の熊本からの受賞は久々で、大げさに言えば安永蕗子さん以来ではなかろうか。この賞は、第一歌集を出そうとしている人のための賞で、応募作品は三百首が義務付けられ、入賞すると歌集にしてくれて五百冊が贈呈されるというユニークな賞である。二月には歌集が刊行されるという。おめでたい限りである。

生田さんは、熊本県民文芸賞の入選の常連で、一昨年から選者になった私は、二年連続で彼女を一位に推した。（一年目はもちろん誰かわからなかったが、二年目はたぶん彼女の作品だろうと思いながら推した）。そして昨年彼女は文句なしの第一席となり、私は表彰式の席上、県民文芸賞からの〝卒業〟をすすめたのだった。その前から、彼女は総合誌の新人賞には応募しており、候補作に名を連ねていた。そして今回の受賞となった。

受賞作品「戻れない旅」を一位に推した戸塚喬氏は、「一番、安定感を感じた。生活を的確に詠んでいる」と評価し、二位に推した沖ななも氏は、「女性の歌の情感があり、心の襞みたいなものが丁寧に詠われている」とした。私の個人的な感想では、今回の応募作は従来の才気に走った作品が減り、地道な作品が多かったような印象がある。しかし、それが「落ち着いた作品」という選考委員の評価につながったとも言える。

「戻れない旅」とは、みずからの人生のことで、生田さんは作品の中でもこうしたキャッチ・フレーズを取り込むのが上手い。

また、彼女の歌の作り方も多様性があるとされた。例えば

○流れとは逆に光は運ばれて汽水の川に潮上がり来る

○生きていることを確認するようにボタンを押してコーヒーを買う

のような、河口の風景や自販機のコーヒーを買うという行為を素直に表現した作品もあれば

○夢に出る人は次々変わりつつ私一人が同じ明け方

○また歩き出す一瞬の戸惑いを持って渡っていけそうな虹

など現実の世界からちょっと抜け出すようなファンタジックな歌。さらには、

○選ばれたことも選んだこともあり土鳩静かに鳴いている午後

○朝食にりんごを剥いて親子とはなりたくてなるものではなくて

のように、現実の風景から、世の中の真理へとつなげる歌など多彩である。

生田さんは「現代短歌・南の会」の会員でもある。今後ますますの活躍に期待したい。

ボルネオ島の一週間

一月末から一週間、マレーシアとブルネイに出かけた。近年遠ざかっていたアジアン・リゾートへの小旅行だが、異常寒波でインフルエンザ流行の日本を脱出するかたちとなった。

訪れたのは、ボルネオ島北東部のコタキナバルと同島の小国ブルネイのバンダル・スリ・ブガワンの二都市。コタキナバルはマレーシアのサバ州（十三州ある）の州都（戦前はサンダカンが州都だったそうだ）。見所は、四千メートルを超える霊峰キナバル山とその山麓に広がる自然。と言っても実際に行ったのはキナバル山展望所と動・植物園である。動物園では、みなしごになり保護施設から移されたオランウータンと天狗猿を、植物園では食虫植物ウツボカズラを見た。

ホテルはそれなりのリゾートで、一日は観光を休んでプールサイドで過ごした。ボートで島巡りをして、プライベートビーチで泳いだりもした。

ブルネイは人口四十万、三重県位の面積の小国。十六世紀にはボルネオ島全域を治めていたのが、衰退してイギリスの保護領になっていたが、一九二九年に石油が見つかって、一九八四年に独立した。

豪華で巨大なモスクが建てられ、そこで祈ることや、禁酒、禁煙が徹底されるなどスルタンの意のまま王国だった。イギリス育ちの王様はポロがお好きで王族専用の競技場があり、百頭を超える馬が飼われていた。面白かったのは王様お気に入りというう高級チョコレート（レバノンのブランドで「パッチ」）があり、安倍首相が泊まったホテルの階下のショッピングセンターに立派な店を構えていた。ちなみに、同国産出の石油の多くは日本が輸入しているとか。そういえば、帰国後、平昌五輪のさなか河野外相が同国を訪れたニュースを見た。同国は、今後観光に力を入れたいということで、泊まったホテルも六つ星の超高級リゾートだったが、食事の時に酒が飲めないでは話にならない。

ところで話は変わるが、コタキナバルで現地ガイドを務めた「ジェームス」について話したい。彼はキリスト教徒なのでジェームスというのは洗礼名という。日本語がとても上手なので、日本に行ったことがあるかと聞いたら、数年いたという。それも、技能実習生として。宮城県の養豚農家にいたらしいが、まさに下働きで「生き物がいるので一日も休めなかった」とその苦労の一端をあかした。日本語を覚えたおかげで、今の生活には役立っているようだが、農業技術は身につくどころではなかったようだ。

島田美術館の館長になる

島田美術館の理事長・館長だった島田真祐君が亡くなって早くも五カ月になろうとしている。彼は晩年病魔に侵され続けた。八年前の二〇一〇年に舌癌が見つかり、十数時間の手術を受けた。舌の半分を切除したので、味覚を失い、言語も不明瞭になった。それでも、意欲をもち、二〇一三年、財団法人の改正に伴い同美術館を一般財団ではなく公益財団として再出発させた。ところが、その翌年こんどは大動脈乖離という病に襲われた。なんとか持ちこたえたが、三年後の昨年（二〇一七年）四月、肺癌が見つかった。しかし、大動脈乖離のため手術は困難ということで、余命一年の宣告を受けた。まだ、気丈だった彼は、私に美術館の理事長を引き受けてくれと言い、やむなく私は引き受けた。

亡くなった後、島田君の細君の有子さんと長女の清川真潮さん（事務局長）から、館長も引き受けてくれと頼まれた。私が理事長になったころから、館長の仕事は清川さんがやっており、私は当然館長は彼女がやるものと思っていた。ところが寄付行為（一般の会社の定款にあたる）では、理事長が館長を兼ねるとなっており、それを変えるまでは私がやらねばならぬという。で名前だけの館長になったのが、新聞にデカデカと出たため、皆さんの知るところになった。翌日から「館長就任おめでとう」の電話が続いた。

島田君と私は高校、大学の同級生で特に大学は早稲田の国文科と学科も一緒なので親しくはしていたが、本当に親密になったのは一九六七年に一緒にフィリピンの遺骨収集に参加したことが大きい。彼は父親を同地で亡くした遺児として、私は報道記者として同行したのだが、訓練期間も含め五十日間寝食を共にしたばかりか遺骨収集作業などすべてを共にした。

それから十年後の一九七七年に彼の祖父島田真富氏が亡くなった。翁が収集した古美術品を散逸させないためには財団法人化して公表するしかなく、島田君から美術館を創るから手伝ってくれと相談を受け、ほぼ二人で法人化に取り組み、その年の秋に、旧島田邸の座敷を「館」として私立の古美術館「島田美術館」を立ちあげたのだった。五年後に旧島田邸のあとに現在の美術館を建設し、美術館として本格的にスタートした。

しかし、私立美術館の経営は楽ではない。設立から四十年になるが、黒字だったのは二年だけ。ＮＨＫの大河ドラマ「宮本武蔵」が放映された年と、熊本市立美術館とコラボして「バガボンド」展を開いた年だけである。公益財団にしてからは、寄付に頼っており幸い高額の寄付をしてくださる篤志家が数名おられ、その寄付によって黒字になっているのが現状である。いまのところ、館長代理となった清川さんが頑張ってくれているので、なんとか素人館長でも務まっている。

八十歳定年

間もなく、私は八十歳になるが、文芸の世界にも定年がある。私は東部と幸田の公民館で短歌の講座を持っているが、両公民館とも八十歳定年なので講師を辞めなくてはならない。いや、私は定年がいけないと言っているのではない。この制度は公民館にしては（失礼？）大英断であったと思っている。この制度が導入されたのは十二年前で、その年に八十歳になられた松下師から幸田公民館の講師を引き継ぎ、その後数年して吉田豊氏の後を受ける形で、東部公民館でも教えるようになった。

八十歳定年導入までは紆余曲折があったようで、それを断行した直後に定年になった講師の一人が、「老耄には個人差がある。一律に八十歳定年とするのはいかがなものか」というような投書を熊日に寄せたのを覚えている。しかし、この定年制により、講師は大幅に若返った。あるダンスの講座では、母親がそれまで助手としていた娘に譲る（後任は原則先任者が決めるようだ）というようなこともあった。

ただ、この定年制にも抜け道がある。それは、定年になった講師がそれまでの生徒をごっそり連れて、公民館以外の場所で教えるというようなことをするケースがあるからだ。そのあおりで短歌講座が消えた公民館は少なくない。先月、途中から幸田公民館に入って来た生徒さんは「自宅近くの公民館には短歌の講座がないので、遠いけれどここに来ました」と話していた。熊本の短歌文化にとって残念なことである。私は、定年になったら後任を指名してやめるつもりだ。

実は文化の八十歳定年はもう一つある。それは熊本文化懇話会だ。同会では八十歳になった人の中から二十人ほどを選び、芸術功労者として顕彰する制度がある。これらの人は名誉会員に推戴され、会費も免除される。ところが、名誉会員になっても会費をおさめ常任世話人などの役員を続ける人が少なくない。もちろん世話人は選挙で選ばれなければなれないのだが、事実上の引退勧告である名誉会員推戴を無視して立候補をするからだ。

文化懇話会の副会長は任期六年という内規があるので若返りが進んでいるが（今年は会長も世代交代した）、常任世話人や常務理事はなかなか若返りが進まない。私も二年後、八十歳を迎える。芸術功労者に選ばれる選ばれないは別にして、八十になったら常任世話人は引退させてもらうつもりでいる。

結社の意義と将来

『短歌研究』十月号で第三十六回現代短歌評論賞の発表が行われている。今回の課題は「『短歌結社のこれから』のために、いまなすべきこと。」だったので、楽しみにしていたのだが、結論から言うと残念ながら物足りないものだった。しかし、いくつかのヒントはあった。入賞作「短歌結社の未来と過去にむけて」（松岡秀明）を紹介しつつ、わが「稜」の将来を考えてみたい。

松岡氏は平成十九年に「心の花」に入会したとあるので、歌歴は十年ちょっと。本職は医師である。現在同誌に新・明石海人論を執筆中で内田守氏をハンセン病短歌のプロデューサーとして紹介している。氏の論文の結論は結社が今なすべきこととして（一）ネットを積極的に活用する（若者が参加する機会を作る）（二）短歌という財のデジタル化（結社作品の保存と公開）を挙げているが、これは多くの人がこれまでも述べてきたもので新味はない。ただし、氏が論文の中で述べている結社の意義についてては参考になるヒントがあった。

結社の意義として、氏は次の四つを挙げている。（一）師を持てること（二）相互に短歌を読み合えること（三）締め切りが設定されていること（四）継続性が保証されていること―の四点である。

（一）についていえば、現在代表である私は二代目であり、創設者松下紘一郎ほどのカリスマ性もヒエラルキーも持ち合わせていない。ただ、大きな結社も三代目を迎えており（「心の花」「コスモス」「塔」など）その指導性は変化している。

（二）の歌会は最近マンネリ気味なので、刺激を与える意味で題詠による互選を始めた。

（三）は歌会詠草（毎月十日）歌誌作品（偶数月二十日）は確実に守られている。

（四）の継続性であるが、私自身間もなく八十歳を迎えるが、後継者は決まっていない。松下氏は早くから後継問題を考慮され、二〇一〇年（松下師八十三歳）から編集を、同一五年から代表を任された。

というわけで、わが「稜」の最大の問題は、〈継続〉すなわち後継問題である。松下氏から引き継いだこの結社をどう次につなげていくか、頭が痛い問題であるがここ数年のうちに解決せざるを得ない課題である。

もちろんネットの活用や過去作品の保存公開も考えなければならない課題であるが、それは次の代表にお任せしたいと思っている。

自然詠について

阿木津英さんが朝日新聞の短文芸欄に「うたをよむ　自然詠の衰弱」というタイトルで、新古今集の〈楝の花〉の作品を取り上げながら、近年、自然を読む歌がめっきり少なくなったことを嘆いていた。そのなかで「自然の歌を読むよろこびは、伝えられた文化である。学ばないとわからない。私も子どもの頃は読書はストーリーばかり追いかけたし、好きな茂吉でも自然詠は退屈だった。歌を作るうちにいつのまにかその味わいを覚えたのである」と述懐し、結論として「話し言葉が中心の口語歌隆盛の昨今、山河や草木など自然をうたう歌がたいへん少なくなった。したがってそれを読み味わう文化も衰弱しつつある。」と懸念している。

実は、私も以前から同じようなことを考えていた。というのも、いわゆるプロの歌人と称される人たちが毎月の短歌総合誌の巻頭に発表している作品はほとんどが人事や境涯などの人間心理を詠んだ歌や社会詠で、自然詠は稀にしかない。逆に巻末の読者投稿欄はどちらかと言えば自然詠が多いが、入賞しているのは非自然詠が多いというような傾向で、自然詠を中心に歌作をしているのは、アマチュアのベテラン（高齢者）たちなのである。

ただ、自然詠の難を言えば、千年の昔から詠み継がれてきたから、どうしても似た歌が多くなる。いわゆる類歌である。例えば花の中でも山茶花やつわぶき、百日紅は高齢歌人たちが好んで詠む素材だが、いずれもそれなりには詠んでもそれほどインパクトのある作品にはならない。きれいに上手に作ってみても短歌大会では入選はまずむずかしい。となれば、比較的若い人たちは自然詠を避けがちである。

私が担当している公民館の短歌教室では、自然詠を推奨するため、一首は〈花鳥風月〉の題詠にしている。五月は「若葉」だった。講座生十九名のうち若葉そのものを詠んだものは九名。主題はべつにあり、若葉を背景や点景にしたもの九名。残る一人は「若葉マーク」を読んでいた。この中で、私が上位に選んだのは後者の作品だった。

○書きとめしは白詰草の名の由来若葉風入る午後の教室

この歌は、前月の教室で、クローバーは「白爪草」でなく「白詰草」と書くとの話をした時のことを詠んだもの。

○パンと水に並びしあの日大木のきらめく若葉凛と見えいし

これは、言わずと知れた熊本地震の回想。

若葉そのものを詠んだもののなかでは

○里山は若葉萌え立ち迫りくる太き呼吸《いき》して初夏と溶け合う

という作品がよかった。しかし前の二首には及ばない。という具合に、自然詠は難しいのである。

「振興俳句」とは

俳句総合誌が「いま、なぜ振興俳句なのか」という特集を、それも二誌が取り上げていた。不明にして「振興俳句」なる物を知らなかったので、『俳句』を買って読んだ。

「振興俳句」は、「昭和六年に『ホトトギス』を離脱した水原秋桜子らの動向を契機に興った俳句革新運動。代表句として〈頭《あたま》の中で白い夏野となつてゐる　高屋窓秋〉がある。昭和十六年に当時の治安維持法の抑圧により終息」したことになっているが、果たしてそうなのかを検証したのが、今回の特集である。総論「振興俳句とは・その新しさとは」を宇多喜代子が書き、高野ムツオら四氏が座談会で「現在につながる振興俳句」を論じている。

宇多の説明によると、秋桜子は、『ホトトギス』の些末な写生主義を否定し主観を前面に打ち出した作品を作るため『ホトトギス』を去り、自らが主宰していた『馬酔木』によってそれを実現しようとしたといい、旧来の俳句になかった近代的な感覚や抒情、従来の俳句が取り上げなかった素材、社会的な問題意識、都市風景をモチーフとするようになった。昭和五年から九年までの「振興俳句」前期の代表作として「頭の中で」のほか、〈プラタナス夜もみどりなる夏は来ぬ　石田波郷〉や〈桑の実をつみゐてうたふこともなし　加藤楸邨〉〈ラグビーの巨躯いまもなほ息はずむ　山口誓子〉などの句をあげている。

その後日支事変の昭和十二年頃までを中期とし、「京大俳句」などの振興俳句系が運動体の動きをしたとして次の作品を挙げている。〈街燈は夜霧にぬれるためにある　渡邊白泉〉〈恋びとは土竜のやうに濡れてゐる　富澤赤黄男〉〈水枕ガバリと寒い海がある　西東三鬼〉

そして後期に入ると、「戦争俳句」として、反戦・厭戦の作品が続々出現し〈兵隊がゆくまつ黒い汽車に乗り　西東三鬼〉〈戦争が廊下の奥に立ってゐた　渡邊白泉〉〈戦死せり三十二枚の歯をそろへ　藤木清子〉これらが当局ににらまれ、「振興俳句」は終息した。

しかし、これは遠い歴史ではなく、弟子たちによって現代まで脈々と受け継がれていると結論付けている。座談会でも高野ムツオが（師の）「佐藤鬼房が最初に直接教わったのが渡邊白泉であることから（中略）振興俳句が私の師系である」とし、若いころ振興俳句を読んでいたと述べるなど、振興俳句が現在に繋がっていることを立証している。

＊＊

さて、これに対してわが短歌界の革新運動はどうだったのだろうか。戦後すぐ塚本邦雄が実践した「前衛短歌」は若い歌人たちを刺激しブームにはなったが、後継する歌人は現れず、俵万智による口語短歌の〈ライトヴァース〉という流れに押し流されていった。その結果短歌界は俳句界の「伝統俳句」対「自由律俳句」というような対称軸ではなく、「熟年歌人」対「若年歌人」という世代対立を余儀なくされている。

彼是みてある記

（『熊本文化』二〇一三年一月号〜二〇一六年一月号）

泰勝寺の茶会

過日、小堀俊夫さんのお招きを受けたので、泰勝寺跡の肥後古流のお茶会に出向いた。お茶会は久しぶりで会場は思った以上の人出で少し気後れしたが、思い切って濃茶席にも野点の薄茶の席にも連なった。

というのも、自衛隊西部方面総監部の米国連絡将校のホストファミリーを引き受け、十二月に彼らを我が家の茶席に招くことにしていたのでその前の予行演習のつもりもあった。当日は前日の雨も上がり、紅葉も見頃でお茶席の心地よい雰囲気を味わった。

そういえばお茶席に出たのは、一昨年京都に行ったときの高台寺の夜話茶会以来であった。

お茶席で感心したことはいくつかあったが、まず驚いたのは、濃茶席に入る前の蹲《つくばい》代わりの手桶にお湯が入れてあったこと。この心遣いには唸ってしまった。茶掛けは幽斎の書状で、さらに花入れなど、道具の中に細川護光さんの作品が幾つかあり、それなりの雰囲気を出していた。

そのこともあって、茶会の数日あとに、デパートで開かれていた個展にも出かけた。素直で衒《てら》いのない作品に好感を持った。

さて、我が家の茶会である。せっかくだからと蹲を掃除して使ってもらった。さすがにお湯は入れなかったが。米軍の将校さんは二人ともお茶会は初めてだったが一人の夫人は経験があるらしく「ツクバイ」も「オウス」も知っていた。お蔭様で、我が家のお茶会は無事終了したのであった。

パーティーの席順

私事で恐縮だが、昨年（二〇〇六年）末平成十八年に九十四で亡くなった父の七回忌をした。そして新年、今年も父宛の年賀状が五、六枚届いた。大半は県内の、私も名前を知っている方で、多分ご本人は父が死んだことをご存じのはずだ。

にもかかわらず、年賀状を出されるのは、多分パソコンの年賀状宛名一覧の整理がされてないためだろう。同じようなことで私が経験したのは、中学の同窓会の案内状が来なかったことで、これはパソコンの名簿に私の名前が欠落していたためだ。パソコンの普及で、年賀状書きなどが便利になった反面、こんな不都合も起きている。

さて、話は変わって、今度は感心した話。これも昨年暮れのこと。ある方の叙勲祝賀会に出席した。六百人を超える盛大なパーティーだったが、感心したというのはテーブルの配列である。

通常、メーンテーブルは第一列の中央と決まっている。番号でいえば四番か五番である。そこを中心に上席と末席にそれぞれの客を配置するのだが、上席はともかく末席に近い席に誰を持ってくるかで頭を悩ますのが常である。

ところが、このパーティーではなんとメーンテーブルが三十二番だったのだ。六列ある中の五列目の中央、普通なら末席の場所である。多分ほとんどの客が、〝末席感〟を持たなかっただろう。このアイデアに驚いた人は少なくないはずだ。今後この配列が熊本のパーティーの主流になるかなと思ったりしている。

「タバサを描く」展

第二回「タバサを描く」展を観て来た。「タバサ」とは「熊本の絵描きを魅了する女性モデル」(案内状)で、三年前に第一回を開き好評だったので二回目を開くことにしたという。一人のモデルを描いた作品だけの展覧会は珍しい。一回目を見逃したので、今回はぜひひとも見たかった。それに、昨年からわが歌誌『稜』は田代晃三氏描くところの「タバサ」を表紙にしている。

会場には企画者の田代さんと共に「タバサ」（本名は橋本多羽沙さん）もいたので『稜』を渡した。彼女とは初対面だったが、美人であることはもちろん、気性のいい女性だった。田代さんに彼女の人気の秘密を聞いたら美しさにプラスして着物やドレスをふんだんに持ち、自分で着れることだと聞いて納得した。

二十七人が四十点を出していたが、アマの作品もあり、描く側の個性があるので同じモデルとは思えないような作品もあったが、それもまた面白かった。

県立美術館の分館で開かれていたのだが、同時に「日本高校生デザイングランプリ」（熊本デザイン専門学校主催）の作品展と同校の卒業制作展があっていたので、そちらも覗いてみた。目的の展覧会に行ったついでに他の展覧会を見るというのも意外性があって楽しいものだ。

タイポグラフィをテーマにした高校生の作品はアイデアに感心した。卒展の方も若い人たちの感性を楽しむことが出来た。

一日一首

第五十四回熊日文学賞を受賞した浜名理香さんの歌集『流流《りゅうる》』に「平成十四年師走の歌」という三十一首がある。例えば　二日　石田さんちの大掃除「六畳の壁に洗剤噴霧して年来の染み浮きあがらせつ」　二十二日　冬至「実のうちの小ぶくろごとに酸《す》を溜めて柚子の鬼面《づら》熟れて色づく」　二十八日「取りたててすることもなき暮れ支度少し早めの夕食となる」という具合に、毎日一首ずつ作った歌だ。

『石流』（彼女が発行する月刊短歌誌）三月号によれば、これらの歌は師匠の石田比呂志に「おれもやるからおまえもやれ」と命じられて作ったもので「石田さんは楽しそうに作られたのですが私は四苦八苦しました。『流流』に入れるに当たっては、推敲と何首か差し替えをしました」と裏話も披露している。

が、そうとは知らない小生はいたく感激してしまい、「毎日、それも全部の歌が歌集に載せるレベルの作品とは」と、褒めた上で、よせばいいのについつい調子に乗って自分でも作ってみると宣言してしまったのである（ブック・コミュニケーションの中締め）。

おかげで連日「平成二十五年弥生の歌」に追いかけられ、四苦八苦しているところである。うっかり人真似などするものではないと思い知った。

『初茜』

熊本子どもの本の研究会（横田幸子代表）が、毎年末に発行している『初茜』は前年度の活動をまとめたもので、賛助会員で、直接会の活動にかかわらない私などには大変ありがたい一冊である。

といって、精読しているわけでもないのだが、暇なときにパラパラと読んでいる。先夜も眠れぬままに半年遅れでページを開いた。いつも読むのは講演録である。童話や子供の本の門外漢である私にとって「へーっ」と思うような話に出合う事が多いからだが、今回もそんな講話に出くわした。

口承文芸学者の小澤俊夫という方の「昔話の残酷性」という話である。氏によると、昔話が残酷だと言われ始めたのは一九八〇年以降だという。「僕たちの先祖は昔話が残酷だなんて何にも思わないで語っていた。そしてそれを聞いた子どもが残酷になるなんて意見も全くなかった。ところが一九八〇年くらいからそういう意見が出てきた。これは何を意味するか。あの頃、日本社会、生活がうんと変わったんです。一言でいえば、清潔になった。金持ちになった。便利になった」と語り、中でも水洗便所の出現がきっかけだとしている。肥やしとして使われていた糞尿が汚いだけのものになって、人間が自然から隔離された時「残酷」という考えが出てきたのだと結論付けている。なるほどと思った次第である。

小野市短歌フォーラム

六月初めに小野市の短歌フォーラムに行ってきた。この短歌大会は医師で歌人だった同市出身の上田三四二氏を記念して始められたもので今年（二〇一三年）で二十四回を数える伝統のある大会である。これまで何回か出詠したが佳作に一回入っただけで、今年も見事に落選した。にもかかわらず出かけたのは別の目的があったからだ。

というのも、一般を対象とした短歌大会とは別に、五年前から「小野市詩歌文学賞」が設けられ、その授賞式には著名な歌人が集まる。今年の受賞者は伊藤一彦氏と高野公彦氏。講演者は前年受賞の花山多佳子氏と知って、高野氏と花山氏に来春の県歌人協会短歌大会の選者をお願いしようと考えたのである。しかも紹介者として伊藤氏がいれば鬼に金棒である。

結論からいうと、お二人には快く引き受けていただいたが、肝心の伊藤さんは授賞式が済むと別用があるとさっさと帰ってしまったので、直接交渉になった。このほかにも選者の馬場あき子氏と永田和宏氏のほか『短歌研究』の女性編集長などとも親しく話す機会が持てた。これまでは、「五足の靴短歌大会」や日本歌人クラブの大会などで来熊する歌人に頼んでいたのだが、思い切って出かけただけのことはあった。

そうそう「小野市ってどこにあるの？」と言う方へ。兵庫県にあり、姫路から電車とバスで一時間足らずで着いた。

子ども芸術祭in天草

子ども芸術祭in天草を観た。決定から開催までの期間が短かったこと、演目が欲張り過ぎていること、出演者に幼児が多いことなどから〝学芸祭〟になるのではと危惧したのだが、一回目としては予想以上に充実した舞台だった。

オープニングの本渡中吹奏楽団は県ナンバー1の音色を響かせ、八千代座子ども歌舞伎教室もプレステージの時を上回る出来だった。

とくに感心したのは、志岐保育園児の獅子舞。激しい舞いからユーモラスな仕種まで、とても幼い子供の演舞とは思えぬ出来栄えだった。この獅子舞いは春秋二回志岐八幡宮に奉納されているという。伝統文化を地域の子供たちが継承している見本と言ってよかろう。

廃校になった福連木小など五校が合併した天草小の児童・教師による「福連木の子守唄」も消えゆく民謡を高らかに歌い上げた。「しんわ楊貴妃太鼓」は平成十四年の結成と新しいチームだったが、日ごろの鍛錬ぶりを偲ばせる素晴らしい響きを聞かせた。

演出の小西たくまさんによると、リハを重ねる毎に子どもたちが輝き、自信を持って演じてくれたことが今回の成功の秘訣―という。

来年は八月三日に人吉市で開かれるという。時間はたっぷりある。他所からの応援も含め、演目を絞ってさらに芸術性の高い子ども芸術祭を目指してほしい。

「熊本ディーン」

『熊本ディーン百回記念句集』という小冊子をいただいた。「熊本ディーン」と言うのは、黛まどかさんがやっていた俳句結社「東京ヘップバーン」の向こうを張ったもので、ディーンはジェームス・ディーンである。

句集には十一人が各三十句を出詠している。私が驚いたのはメンバーの多様さと若さであった。私が直接知っている方は数名だが、企業家、お医者さん、主婦、大学の先生、新聞記者等々それも錚々たるメンバーである。しかも五、六十代というのはこの〝業界〟では奇跡的な若さである。

その上に結社とは関係ない人も多いと聞いて二度びっくり。これらの人々が、月に一回開いた句会が百回になっての記念句集というから十年近く続いたことになる。こんなグループがあるとは、さすが俳句である。短歌ではまずあり得ない。

と同時に感じたのは、熊本の文化の底力、というか懐の深さである。真に俳句を楽しんでいる光景さえも浮かんでくる句集であった。

せっかくだから、数句を披露して紹介を終えたい。

〈塔の影秋の形に納まりぬ　さち〉〈海鼠喰ふ海には波浪注意報　隆広〉〈母だけに聞こえて亀の鳴く日かな　眞理子〉〈秋刀魚焼く団扇七輪三代目　隆明〉〈クリムトの貴婦人の笑みカンナ燃ゆ　童鯛〉〈名月を最終版の友として　武〉〈ぼくといふ一人称

に帰る秋　茗荷〉〈冬晴れやまんばうに似る雲ひとつ　迪〉

宗不旱の生涯

中村青史さんから漂泊の歌人といわれた宗不旱の生涯を描いた『窮死した歌人の肖像』という著書を戴いた。宗不旱については、初代文化協会長だった荒木精之さんの『宗不旱の人間像』という名著があるが、これはそれを凌ぐ力作である。荒木さんの評伝が不旱の晩年を主にしたのに対し、こちらは若い時代の不旱から書き起こし、明治の文学史を背景に、白秋や窪田空穂らとの交流などを丹念にたどっている。

またほとんど史料の残っていない中国・台湾の放浪時代についても触れ、硯工となるきっかけとなった台湾時代にはかなりのページを割いている。ここで不旱は硯彫りの技術を学び、五年間滞在して現地妻との間に子どもまで設けていた。台湾から帰った不旱は『短歌雑誌』の編集者松村英一に勧められて歌人評の連載を書いたりしている。

大正十五年に四十四歳で結婚した彼は五男、二女を設ける。長男、四男には障がいがあり施設に預けるが、少年時代に死去、長女、次女も幼くして死んでいる。こうした家庭環境もよく調べてある。

中村さんがこの作品に取り組んだのは熊本大学を退官したときだそうだ。以来十七年がたっている。「一気に書けばよかったけど、ずるずると時間がたってしまって。それに風俗小説みたいになって」と謙遜されるが、時間がかかっただけのことはある力作である。そのことは巻末の参考文献が四十二冊にも及ぶことでも明らかである。

桃山陶　志野・織部

県伝統工芸館で「志野・織部展」を見て来た。桃山時代に利休や織部らの茶人に愛された焼き物である。その洒落た味わいは現代人も愛するところだが、その後は急激に人気を失い、滅びかけた焼きものでもある。だから茶人に人気のベスト3「一楽、二萩、三唐津」には入っていない。

しかも、ブランクが長かったため、長い間どこで焼かれたのかも不明で、当初は瀬戸で焼かれたと思われていた。それが昭和初期の研究と発掘で美濃地方で焼かれたものと確認された。今回展示されている桃山陶の大半は、その時発掘された作品で、「電燈所・た禰《ね》コレクション」と表示されている。コレクターは当時の多治見電灯社長加藤乙三郎氏の妻た禰さんという。

もちろん、現代の美濃陶工の作品もたくさん展示されており、赤志野、鼠志野、黒織部など思わず欲しくなる皿や鉢が並んでいる。これらには「販売可」の札がついていて、かなりの作品に売却済みの○札が貼られていた。やっぱり人気がある焼き物なのだ。

それにつけても、三十分もいたのに、入場者は私ひとりだったのは残念だ。この二階の企画展示室は、いつもなかなかいい企画をしているのに。次回は国の伝統的工芸品の指定を受けた「山鹿灯籠」展という。みなさま是非ご覧を。

能舞台視察

熊本に能舞台をという声が文化関係者の間でささやかれるようになって久しい。昨年末の文化協会からの県に対する要望の中でもこのテーマは盛り込まれ、蒲島知事からも前向きな対応が述べられた。

この機会に、文化協会でも能楽堂について知っておく必要があるということで二月に吉丸会長以下数名が狩野琇鵬師の案内で、日帰りの視察旅行を行った。

最初に訪れたのは広島市のアステールプラザ。ここは中区民文化センターでもあり、大ホール、中ホール、市民ギャラリーなどがあるが、中ホールに能舞台がある。ただし、格納式で通常は舞台の奥に隠されている。能の時だけ電動で四十分かけて舞台が現れる仕組み。

次に福岡市の住吉神社の能舞台。出水神社の舞台を活用する場合の参考に見学したのだが、なにせ古い。建立は昭和十三年、板敷きに畳表の座席のうえ冷暖房がないから、事実上夏と冬は使えない。それでも大濠公園の舞台が出来るまでは、西日本随一の能舞台として活用され、狩野先生によると熊本からもちょくちょく出かけていたという。近年は能舞台よりも芝居やコンサートなどに使われることが多いとか。実現性の上では参考になる能楽堂であった。

隠れたコレクター

山鹿灯籠が国の伝統工芸品に指定されたのを記念して、県の伝統工芸館で山鹿灯籠展が開かれている（六月十五日まで）。

山鹿灯籠は室町時代から作られてきた伝統のある工芸品で、灯籠祭りと言えば現在は灯籠踊りを見る祭りになっているが、戦前は大宮神社に奉納された紙細工の灯籠を見に行くのが祭り見物だった。

会場を回ってすぐ気付くのは、奈良・京都の古寺や伽藍の灯籠が並んでいることだ。具体例をあげれば、法隆寺の五重塔、講堂、経蔵、さらには夢殿。薬師寺の金堂、西塔。宇治平等院の鳳凰堂など。赤と金と黒による大作ぞろいである。

これらの作品には「三陽寄贈」のプレートが付いている。山鹿灯籠の熱心なコレクターである同社会長の木下康氏が永年にわたって収集したものである。氏は、西欧のコレクターに倣い、作品を依頼するに当たっては作る作品を指定してきた。出来た作品を買うのではなく、灯籠師に作らせたのである。だから、古都の大伽藍が一堂に並んでいるのである。伝統工芸館の収蔵する山鹿灯籠の大半はこの隠れたコレクターから寄贈されたものである。

地元の文化財を育成し、後世に残してきたのは、かつては殿様だった。現代は木下氏のような企業人がその役割を担ってくれている。

〽あんまり煙突が……

歌の仲間たちと一泊二日で筑豊に行って来た。毎年連休明けに研修会と称して旅行をしているのだが、九州はほとんど行き尽くして残っていたのは、ここぐらいだったのだ。が、幾つかの疑問の解けた旅でもあった。

まず飯塚市へ行ったが、此処は人口十三万、福岡県では、博多、北九州、久留米に次ぐ四番目の市であり、炭都として栄えた町である。伊藤伝右衛門邸のあと、嘉穂劇場を見た。「八千代座」より劣るという先入観があったが、明らかにこちらが優れていた。それは、八千代座が明治の建立に対し、こちらは昭和六年の建設で、それだけ新しい技術を導入できたからだ。その最たるものがトタン屋根である。その軽さのお陰で、柱のない十間間口の千二百人収容の大桟敷が実現したのだ。訪れた翌日に中村勘九郎の公演が組まれていた。

このあと、田川市の石炭・歴史博物館を訪れた。旧三井田川鉱業所跡にあり、二本の大煙突も残っていた。「炭坑節」に「あんまり煙突が高いのでさぞやお月さん煙たかろ」と歌われた煙突である。炭鉱になぜそんな煙突が必要なのか知らなかったが、今回やっと理解出来た。炭鉱の捲揚機の動力となる蒸気機関を石炭を燃やして作り、それでタービンを回していたからである。

テムズ・クルーズ

六月末から二週間、家人とイギリスを回ってきた。ロンドンからコッツウォルズ、湖水地方、スコットランドと万遍なく辿るツアーだったので、ロンドンは一泊だけだったが、女王陛下の誕生日パレードの予行演習を見る幸運に恵まれた。

近衛歩兵四百、騎馬隊二百騎によるパレードは見ごたえがあり、観光客のみならずロンドン市民も大勢が見物に繰り出していた。行進はバッキンガム宮殿からトラファルガー広場まで、通称「マル」と呼ばれる大通りで行われたが、騎馬隊が通過して間もなく、数台の車両が現れた。それは今しがた馬たちが落としていった物を〝収容〟する車でその手回しのよさに驚いた。

騎馬二百駆け抜けし後間を置かず馬糞掃除の車両現る

テムズ河クルーズも定番のコースのようだが、私には隅田川下りにそっくりと思われて仕方がなかった。セーヌ河クルーズもしたことがあるが、あちらは橋が絢爛豪華のうえ、シテ島などもあり、それなりの雰囲気があるが、こちらは川幅も広く、立て続けに同じような橋をくぐるところなど、まさしく隅田川下りを思わせた。おまけに、左岸に新しいタワーが建てられたばかりというのも、東京スカイツリーを思い出して笑ってしまった。

隅田川下りに似たるテムズ・クルーズ橋々くぐれば新塔も見ゆ

「画家たちの上京物語」

県立美術館の「画家たちの上京物語」を遅ればせながら八月三十日に見た。すなわち一九二〇―三〇年代に東京の美術学校で学んだ三人の熊本出身の画家たち。坂本善三、大塚耕二、浜田知明の軌跡をたどったオリジナルな企画展である。

展観は美学生時代、戦時中、戦後に区分して三人の画家たちの作品や生き方を紹介しているが、展示作品の少なさ（もともと残っている作品が少ないのだが）を補うために、時代状況を表したニュース写真や、師や友人、同輩たちの作品を配置して作家たちの背景を描き出していた。だから大半の作品は見たことのある絵であるにもかかわらず奥行きのあるものになっていた。

同美術館が以前に行った浜田氏へのロング・インタビューなども上手に使いながら三人の画家たちの生きざまを解りやすく紹介していた。少し大げさな言い方をすれば、この企画に入れ込んだ同美術館の学芸員たちの息使いが聞こえて来るような展覧会であった。自主企画展としては近年まれにみる重厚な展示であり地元美術館ならではの展覧会だったと言えよう。

とかく〝貸し画廊〟と皮肉られることの多い地方美術館であるが、今回の展覧会はそれを完全に払拭してくれた。終了日前日ということで観覧者はそこそこあったが肝心の入場者数はどうだったのだろうか。

「菱田春草展」

大学のクラス会で上京したついでに、国立近代美術館で開かれている「菱田春草展」を見て来た。春草と言えば、「落葉」「黒き猫」などの代表作が永青文庫の寄託で県立美術館にあるので熊本県民には親しい作家である。それに代表作の一つが「王昭君」というのも熊本城の本丸御殿〈昭君之間〉と思い合わせ熊本との縁を感じた。

さすが東京と言うべきかチケット売り場には列が出来ていた。初めの方にあった卒業制作の「寡婦と孤児」は「太平記」を典拠としたと言われる赤子を抱いた武士の若妻の絵で、あまりの悲惨さに審査員間で評価が分かれたが、岡倉天心の一語で主席となったというういわくつきの作品である。

このあと釈迦と弟子たちを描いた「拈華微笑」や「王昭君」などの人物群像の大作が並び、横山大観との合作屏風も「寒山拾得」など四点あった。春草は大観より六歳若いが三十六という若さで逝った。大観並の九十とは言わないが長生きして欲しかった作家である。しかも、最期にはほとんど目が見えなかったという悲劇の人でもある。

さて最後は猫である。彼の黒猫はどれも可愛くはない。イタチやキツネも描いているが、こちらはそこそこ愛らしい。それに比べると黒猫は厳しい目をしている。春草は猫を飼ったことはなかったそうで、どちらかと言うと猫は好きではなかったようだ。そんな春草の心を見抜いた猫たちは緊張した目で画家を見つめたのだろう。

現代の日常の歌

熊日短歌大会の選者として来熊された花山多佳子さん（「塔」選者）の「現代の日常の歌」という講演を聞いた。花山さんは、日本の近代には、日常を彩る道具や仕事などがたくさんあり、日常の行為を写すだけで歌になったが、現代はそういうものの大半が失われた結果、日常を歌うのが難しくなっていると言う。

例えば、「蚊帳」がなくなったので、蚊帳を吊ったり、中で遊んだり、母を思ったりすることがないので、そんな歌は生まれようがない。一方で、「厨」は台所やキッチンと呼ばれるようになったのに、短歌の世界だけは未だに厨という言葉を使っているが、違和感を覚えることも少なくない。としたうえで、とくに若い人は

○会わなくても元気だったらいいけどな　水たまり雨粒でいそがしい　（永井　祐）
○ドーナツの穴の向こうに見えているモルタルの壁はなみだあふれつ　（内山晶太）
○夫よけふも壊れずに仕事してゐるか　ゲラを広げてしばし思へり　（澤村斉美）

等の歌に見られるように、「雨粒でいそがしい」とか「壁はなみだあふれつ」などと雨粒や壁の水滴を擬人化したり、逆に夫を物のように扱って「壊れずに仕事してゐるか」など工夫して詠んでいる、と紹介した。

花山さん自身は日常を上手に表現する歌人として知られている。彼女の最新歌集から思わずニンマリさせられた一首を引く。

○姿煮と表示されゐる真空パックの小さな魚これは姿か

「安宅」と「勧進帳」

桐光の能「安宅」を見た。この曲は初めてなので、歌舞伎の「勧進帳」と比べながら鑑賞した。もちろんこちらが原作で、歌舞伎は翻案したものだが、幾つかの違いもあって面白かった。筋立ては同じだから、大仏建立の勧進帳を（白紙で）読むところや、義経を棒で打つ所などの見せ場は同一である。また関守の富樫が重要な役回りであるところも同様であった。

違っていたのは義経が強力に変装する場面や関守が酒を振る舞うシーンが能にあったこと。また義経の役作りにも差異があった。歌舞伎の方は必ずしも若い役者が扮してはいず、芝居はするが、台詞はほとんどなかった（と思う）。これに対し能の方は子方が若い君主を堂々と演じるところがひとつの見せ場となっていた。また最後に弁慶が舞うのが能では最大のクライマックスだが、歌舞伎では弁慶が六方を踏んで引き上げる程度だ。

山伏（立衆）が八人、総勢十三人が舞台に上がっていたが、舞台が狭く感じなかったのは、巧みな演出のゆえだろう。かつて創作能「不知火」を見たとき、「コロス」が多くて舞台からはみ出しそうだったのを思い出した。でもあの時も十三人もはいなかった。

抽象的で、どちらかというと様式美で見せる古典物と比べると〝直面〟の現代劇は解りやすい。迫力のある舞台に一時間半が短く感じられ、まさに堪能した半日であった。

「如水館」の彫刻群

文化協会の事務局と五、六人で天草へ行って来た。目的は「あまくさ子ども芸術祭」と、如水館の「手でみる造型展」の見学である。

前泊したので、午前中、上津深江にある如水館を訪れた。同館は社会福祉法人が運営している「ふれあいスペース」で私立の図書館と美術展示室からなっている。障がい者の美術展を主に行っているところから、「手でみる造型展」の移動展を引き受けてもらっている。

訪れてまず驚いたのは広い前庭に置かれた屋外彫刻群である。金色の女神の群舞像は圓鍔勝三の代表作、北村西望の観音像も黄金に光っていた。それに加えてわが協会会員の石原昌一氏の裸婦や子どもの像が七体もあった。

「こども芸術祭」は、一昨年から文化協会が始めた「くまもと子ども芸術祭」の第一回が天草市で行われたことから、それを地域で継続しようと天草市芸術文化協会が独自に始めた企画である。内容は前回を引き継いだ形で、六団体が出演した。中でも注目したのは「宮田棒踊り」である。七年前、倉岳町の三小学校が統合されたため、かつて旧宮田小が運動会で行っていたものを倉岳小が引き継いだもので、今回は保存会の指導で、昨年の秋から猛練習した結果を披露したという。「福連木の子守唄」も福連木小を吸収合併した天草小の子供たちによって歌われた。

今回の天草行きの唯一の心残りは延慶寺の「兜梅」が一部咲きだったことである。

船小屋の鰻屋

過日、家人が船小屋の箱雛を見に行きたいので付き合えという。雛人形の展示と言えば日田市の豆田町や吉井は知っているが、船小屋は初耳である。暇でもあったし、船小屋は一度も行ったことがないので、付き合うことにした。新幹線なら二十五分の距離である。

まさに、あっという間に着いた。降りたお客は我々だけであるが、駅の周辺はいさされ風景が違った。というのも、駅は県営公園のど真ん中に建てられていて「九州芸文館」なる近代的で瀟洒《しょうしゃ》な建物まであった。駅で「箱雛」のことを尋ねたが要領を得ない。それは大川か八女ではないかという。ということでお雛さま探訪はあっけなく消えた。

しかし、せっかく来たのだから温泉に入ろうかと言うが風邪を引くから厭だと言う。せめて昼飯を食って帰ろうと、タクシーの運転手に聞いたら「予約なしなら旅館は無理。市営のバイキング食堂か芸文館にあるＪＲの七つ星レストランか」という。鰻屋はないかと言うと一軒だけあるというのでそこへ連れて行ってもらった。路地の奥の小さな古びた店で屋号は「次郎長」。奥さんは菊池の出身で、米は里から取り寄せているという。客が来てから焼き始める老舗なので、鰻ざくでお銚子を一本呑んだあと旨い鰻飯を堪能した。この店を知っただけでも船小屋に来た甲斐があった。

第二歌集『旅愁』

私事で恐縮だが、今年（二〇一五年）の二月に第二歌集『旅愁』を出した。通常は〈りょしゅう〉と読むところだが、あえて〈たびのおもい〉というルビを振った。「旅情」という題も考えたが、甘いので「愁」を「おもい」と読んでもらうことにした。

三カ月が過ぎて、本を送った人からの感想や、書評が届いている。それらを読みながら思ったのは、歌集というのは文芸作品であるけれど同時に、自らの人生をさらけ出す活動でもあるということだった。歌評と同等に生き方についても感想が述べられる。

熊日に書評を書いてくれた塚本諄さんは、「作者の歌の特徴は、自己肯定の快さにある。感情移入と抑制のバランス感覚がほどよく、気分を共有できる」と述べている。また『歌壇』の書評の志垣澄幸氏は「作品は全体的に自在であり率直、そこにユーモラスな味わいが滲みでている」と書いて下さった。

身近な人では『みさき』の山口睦子さんは「男性ならではの発想に機微とユーモアがあり、一抹の哀感が加味された」とし、「概ね順境にあられた半生は」「隠しようがない作者の性善性である」と断じている。

面白かったのは、〈部屋半分占めたる本の山の中頭を出す瓶の二本ありけり〉など酒の歌を取り上げた人が多かったことである。この歳になってようやく人並みになった私であるが。

「海街diary」

映画「海街diary」を観た。是枝裕和という人の作品は「歩いても歩いても」を観て以来気に入っている。前作「そして父になる」もそこそこ面白かったが、これは出来栄えだけでいうと前作を凌いでいる。鎌倉に住む四姉妹（うち一人は腹違いで映画が始まってから同居する）の物語である。三人は両親が離婚して祖母に育てられた。

しっかり者の長女幸（綾瀬はるか＝看護師）男と酒にヨワい二女佳乃（長澤まさみ＝銀行員）マイペースのちゃっかりや三女千佳（夏帆＝スポーツ洋品店店員）山形からやって来た中学生の四女すず（広瀬すず）の四人の日常が、突然仲間入りした末っ子を中心に描かれる。冒頭が父親の葬式、中ごろに祖母の七回忌（母親が突然現れる）終わりが海猫食堂のママの葬儀と不祝儀が背景になっているのが特徴だが、お寺を含め鎌倉の風景が美しい。（そう言えば「歩いても…」も舞台は湘南だった。）

見終わって、ああ、これは現代の「細雪」だと思った。あちらは昭和初期の大阪・

船場の老舗の没落にからむ四姉妹の物語だが、こちらは両親の離婚にもめげず逞しく楽しく生きる独身四姉妹であった。

そしてもう一つ思ったのは是枝監督は黒沢明や市川崑あるいは野村芳太郎のような派手派手な映画を撮る監督ではなく、小津安二郎や木下惠介あるいは山田太一に連なる地味派であるということだった。

浜田知明氏の話術

展覧会「浜田知明のすべて」を観てきた。御船中学時代の静物の油彩から今年制作された彫刻「会者定離」まで、浜田作品のすべて（約三百点）が展観されていた。浜田さんの作品は鋭い風刺やアイロニーをテーマにしているが、作品自体はとぼけたようなユーモアを湛えているのが特徴である。

これは多分に作者の人柄によるものと思われるが、私は、かねてから作品以上にこの方の話し方（話術）に注目している。図録に解説代わりに付されているロングインタビューの穏やかで謙虚な語り口もそうだが、私の記憶に残っている一番は、故乙葉統氏の葬儀での浜田氏の弔辞である。

もう二十六年も前のことだから中身は覚えていないが、「乙葉君！」で始まった弔辞は、心情を吐露した友情溢れるものであった。後ろ手を組み、一片の書き付けも見ずに、二十分以上にわたり遺影に語りかけた姿はいまも鮮やかに目に焼き付いている。

開会式では九十七歳になられた氏の挨拶に注目した。来館の謝辞に続き、氏は概略こう述べられた。

「この場所で私の展覧会をやっていただくのは四度目です。次は遺作展でいいですよと言ったのですが、少し早め（の遺作展）になりました。作品はそこそこ並んでいますが、九十七年も生きた作家の作品としては甚だ少ない。有り余る時間を湯水のように垂れ流ししてしまった」

百歳近い人の挨拶の見事さに胸を打たれた。

南阿蘇村のにぎわい

南阿蘇村へ行って来た。オープン・ガーデン「秋の庭めぐり」で〈ナチュラルガーデン南阿蘇〉を訪れるためである。庭めぐりは、四年ほど前からこの地でガーデニングを楽しんでいる人たちが始めたもので、これまでは花の多い春（五月）に行っていたが、今年から秋の部も始めた。この催しを企画したのが、たまたま高校の同級生のM君（もっとも高校時代は全く知らず、彼がこの村に家を建ててから知り合った仲である）なので、三カ月に一度は訪れている。

今回は、試験管を洗うブラシそっくりの〈サラシナショウマ〉の真っ盛りで、白い花が何本も立っていた。実は、我が家の庭の花木はこのガーデンで苗を譲って貰った物がほとんどで、現在花盛りのブッドレア（藤うつぎ）、ライムライト、それに今年初めて花をつけたアンソニー・パーカーセージ。この三つに共通なのは花が紫色であることと、いずれも南阿蘇生まれということだ。サラシナショウマも欲しいところだが、これは寒冷地でしか育たないという。

南阿蘇村では十月恒例の「谷人たちの美術館」も始まっていた。この催しも年々盛んになり、今年も四十五カ所の参加とにぎわっていた。もう一つ驚いたのはレストランの盛況ぶりである。この春オープンしたばかりのイタリアン・レストランは口コミで評判が広がり、私たちが訪れた時も三十席ほどの店はほぼ満員だった。多い時は一時間待ちと言う。それも林の中にひっそりと立つ店がである。

ベトナムは美味しい

一週間ほどベトナムに行って来た。タイやマレーシア、インドネシア、カンボジアには行ったが、この国は初めてである。一言で言えば活力を感じる国で、料理もこれまで行った国に比べて格段に美味かった。

回ったのは、ハノイ、フエ、ホーチミンの三都市。古都フエに期待して行ったのだが、この国に王政が敷かれたのは十九世紀になってからで、王宮や廟堂は比較的新しく、しかも幾つかはベトナム戦争後に建て替えられたものだった。戦争記念館や地下壕など戦争関連施設を見なかったせいもあるが、戦争終結から二十年を経て戦争の痕跡は全くない活気に満ちた街の雰囲気であった。

ハノイは、思ったよりもフランス統治時代の面影を残していて、中心部にあるホアンキエム湖周辺の町並みは美しかった。ただし、旧市街の道路は狭く、車とモーターバイクの喧騒はすさまじく、道路を横断するのは命がけという感じ。ホーチミンのほうが街は垢ぬけていて、クラクションもハノイほどうるさくはなかった。こちらでは地下鉄の工事が始まっており日本企業のＪＶの看板がかかっていた。

食事は、高級料理屋と下町の露天食堂を経験したが、高級の方はほとんど中華料理に近く上海蟹に似たクアという蟹を食した。露店では名物のフォーというタイピーエンに似た麺類や鳩、春巻などを食べた。

〝大盛況〟の「春画展」

上京したついでに、いま話題の永青文庫で開催中の「春画展」を覗いてきた。いやはやびっくりである。展覧会は同文庫の二階から四階を使って展示されているが、まさに立錐の余地もない混雑ぶり。しかも若い女性が少なくない。本来なら、ひとりで秘かにみるべき物を押し合いへし合いの中での見物である。シーンとした中、時おり係の人が列が進むようにかける声が聞こえる。

事務長の岩水澄人さんによると、これまでの同館の一日の最高入場者数は信長の書状の時の六百名で、今回の二、三千名というのはまさに予想外だったという。「今日も二千は超えるでしょう。吉丸常務の指示で外に二カ所臨時トイレを作りましたがあれがなかったら…」会期中の総入場者は二十万人を超えそうだと言う。「年に二、三万人しかはいらんのに、三カ月で十倍ですから」とため息をもらした。

作品は春画の中でも名作とよばれる物が多く、喜多川歌麿、葛飾北斎、鈴木春信に円山応挙筆まであった。

二〇一四年に大英博物館で好評を博した展覧会をそっくり持ってきたものだが、当初は引き受ける施設がなく、細川理事長の男気で同館で開催することになったようだ。

文庫のすぐ下は旧細川邸の跡で「新江戸川公園」になっているが、かつての大名の庭園に復元する工事が進んでいた。一月中旬のオープンという。もう一つ肥後藩の東京名所が増える。

＊　＊

初めての一首

私が短歌を作るようになったのは熊大附属中学二年のときである。母と叔父が鹿児島市にある短歌結社「にしき江」に参加していて、叔父に勧められたからだ。その頃、叔父の作る短歌に感心していた私は、自分もあんな歌を作ってみたいと思い、数首詠んだ中の、これはという一首を「にしき江」に投稿し、掲載されたのが、次の一首である。

教室の小暗き隅に横たわる小さき壷の冷たく光る

私が歌を作り始めたと知って、担任の西本先生は喜ばれ、この歌をクラス全員の前で披露された。私が今なお短歌を詠み続けているのは、先生の期待がかかって、やめられなくなったということも原因のひとつである。

この歌は誰もいない教室の光景を詠んだものだが、それには裏がある。それこそ四十数年ぶりに初めて告白するのだが、当時私には秘かに想いを寄せていたクラスメートがあり、私は彼女のブルマーを盗み見るために、下校時間をはるかに過ぎた時刻に、自分の教室に忍び込んだのだった。その日は体育があり、予想通り、ブルマーは彼女の机の中にあった。私はその運動着を取り出し、しばらく頬に押し当てたりしたあと元に戻し、教室を出ようとした時、教室の隅に光っている小さな壷に気がついたのだった。その小さな壷は私のした一部始終を見ていたのである。「冷たく光る」には、後ろめたい自分の行為におびえている私の気持ちを込めたつもりだが、その歌の出来た背景についてはもちろん口をつぐんでいた。

当時の附中は幼い恋愛ごっこを級友たちが面白がる風潮があって、なかなか楽しかった。一つ上の学年には本物の恋人らしいカップルがいて皆がうわさしていた。事実、我々の学年からも同学年同士で結婚したカップルが一組ある。私のささやかな初恋は、卒業とともに終わり、奥手だった私に本物のガールフレンドが出来て、初めてデートしたのは高校二年になった時である。私が、臆病な少年でなかったならば、初めての一首は次のように詠まれるべきだ、と今の私は思う。

教室の小暗き隅に横たわる小さき壷は何を見たるや

（『熊大附属中同窓会誌』二〇〇一年）

深夜だけの天使

縫ひぐるみブロック絵本　真夜のみは天使となれるもののかたへに

昭和五十一年に詠んだ「父親の日々」の一首である。当時七歳の長女を頭に五歳と三歳の息子がいて、育ち盛りだった。多分、深夜に帰宅して子供部屋を覗いて出来た歌だと思われる。マンションの子供部屋はクレパスの落書きだらけ、片付けが出来ずにあまり汚い時は部屋の入り口に「ブタ小屋」と書いて下げたりしていた頃である。この歌のポイントは「真夜のみは」にある。普段はうるさくて仕方のない〝ガキ〟どもも、寝入ってしまうと天使に見えたのである。

あれから四分の一世紀が過ぎ、当時七歳だった長女に、昨秋女児が生まれた。孫としては三人目だが、生まれて数カ月を一緒に過ごしたので煩悩がある。祖父となった今、赤ん坊は一日中天使であり（というのも、彼女は外出の時には天使の羽のついた赤いリュックを背負っている）、彼女のためにハワイ土産に小さな水着まで買って来た始末である。

（『熊本文化』二〇〇二年）

二千年後のマリア

二〇〇八年四月に石川県の和倉温泉で開かれた「和倉温泉短歌大会」に応募した私の歌が、図らずも特選に入り、大会大賞をいただくという光栄に浴した。この大会は、昨年（二〇〇七年）三月の能登半島地震の復興一周年を記念して、七尾市とＮＨＫ学園が共同で開いたもので、全国から千七百余首が、寄せられたという。

さて、その私の歌というのは「産み場所を求めて疾駆《はし》る救急車二千年のちのマリアを乗せて」という歌であった。選者六人の中の岡井隆、佐伯裕子のお二人が特選（各選者が選んだトップ2）に選んでくださっていて、岡井氏の評は「これは今の救急医療や、産科の現状をテレビなどで知って、一種の時事詠として詠んだのだと思います。キリストの母マリアを例にひいたのは思い切った歌い方だと思い、問題作だと思ってとりました」であり、特選のトップに選んだ佐伯さんは「産み月の妊産婦が病院をたらい回しになり、不幸な結果を招いた事件にちなむ。キリストの生誕から二千年を経た現代の危うさを捉え、市井のマリアとキリストを想定しようとする下句の展開が鮮やかな一首と思う」と評してくださった。選者二人が特選に選んだことで、総合一位ということになり、大会大賞となった。

では、なぜこの歌ができたのだろうか。そのきっかけは、昨年の暮れのことになる。東京に住む娘から、孫麻里江が出た幼稚園のクリスマス劇のDVDが送られてきた。孫の通う幼稚園は、クリスチャン系で、劇はいわゆる聖劇であった。麻里江はマリアの役で、身重の体を抱えて舞台をあっち行きこっち行きしていた。この劇を見て、マリアが厩でイエスを産んだのは、どの宿も満員で断られ、「馬小屋でよければ」と貸してもらった厩で産気づいたからだと知った。イエスが厩で生まれ、飼葉桶で産湯を使ったという知識はあったが、なぜそんなところでお産をしたのかまでは知らなかった。

それで、まず、「孫扮するマリアの聖劇見て知りぬイエスが厩に生《あ》れませし理由《わけ》」という歌ができたのだった。さらに、調べるうちに、当時ローマ皇帝から、全住民に対し、住民登録のため、出生地へ帰るようお触れが出されていたことも分かった。そのため、夫のヨセフは身重のマリアを連れて、ガリラヤのナザレからユダヤのベツレへムへ戻ったのだ。多くの人々が一斉に帰省したため、ベツレヘムの宿屋は満員だったというわけだ。

マリアは処女懐胎で、神の子を宿したことになっているが、これはキリストを神格化するためで、当時も私生児を産むことは許されぬことであったが、神のお告げの故か、ヨセフは自分の子ではないことを知りながらこの妊娠を認めていた。

こうした経緯を知るにつけ、マリアの出産の状況が、現代の日本のお産の状況に似ているのに驚いた。救急車によるたらい回しは、産科のベッドの数が足りないのが一番の原因ではあるが、その背後には、かかりつけの産科を持たないどころか、母子手帳さえ持っていないシングル・マザーなどの飛び込みがあることも指摘されている。

産み場所を求めてさまよう若い母親たち、それは二千年前のマリアの再来ではないのか。そうした思いが、日ごろ社会詠をほとんど詠まない私に浮かんだ一首だった。

（『公徳』第十五号　二〇〇八年）

わが短歌遍歴

私が短歌を作るようになったのは、中学二年のときで、これには多少母の影響がある。母は、鹿児島の「にしき江」という結社誌に入っていて、毎月歌を詠んでいた。この結社には母の弟である叔父も加入していて、叔父の歌を感心して読んでいるうちに、自分も作りたくなり、母に「にしき江」への参加を頼んだのだった。最初に同誌に載った私の作品は六・二六水害の歌だったと思う。

夏休みの自由研究に短歌や詩を書いた詩画集のようなものを提出したら、担任の西本長久先生が褒めてくれ、その後も国語の時間などにクラス全員の前で私の歌を披露してくれたりするので、短歌を止めるわけにはいかなくなった。その頃詠んだ作品で今も覚えているのは〈教室の小暗き隅に横たわる小さき壺の冷たく光る〉という歌である。原作は〈教室の暗き一隅に横たわる小さき壺の冷たさを知る〉だったが、「にしき江」主宰の鶴田正義先生が添削して前者の歌になった。当時の私は、かなり不満で、「暗き一隅」の方が「小暗き隅」より格好いいと思っていたし、「冷たく光る」は平凡だと思っていた。先生は「知る」という主観よりも「光る」という客観が良いと教えられたのだったが、当時の私にはそれがわからなかった。もし、今の私なら「冷たきに触る」とするだろう。

中学時代は、毎月三ないし五首を出詠していたが、高校に入って文芸部に入ると小説書きに夢中になり、特に編集を任されるようになった二年生以降は、時代小説から恋愛小説まで色々書きまくり、玉置浩君と「ら・れとれーゆ」（熊高文芸部の部誌名、現在も続いている。〈ヘボ文学のフランス語〉時代を謳歌した。短歌は次第に作らなくなり「にしき江」も欠詠がちだった。高校時代に作った歌で記憶にあるのは〈痩せもせず水にも入らでいきし夏ことしは秋の早く来にけり〉ぐらいである。

小説家を志していた私は早稲田の国文科に入学した。入学すると、すぐ文学サークル「現代文学会」に入り、大半をその部室とジャン荘で過ごすようになった。二年になって、サークルでは物足りなくなり、仲間七人で同人誌『新早稲田派』を創刊した。創刊号に私が初めて書いた百枚を超える小説「遅い邂逅」が文芸総合誌『文学界』の同人雑誌評でベスト3に選ばれた。ただし作品が同誌に転載されるのはベスト1だけで、私の夢は実現しなかった。このころが私の小説人生のピークだっただろう。

早稲田時代も短歌はほとんど作らなかったが、一度だけ「早稲田短歌」の歌会に参加したことがある。私としては一種の殴りこみのつもりだったが、丁寧に対応してくれたので、肩透かしに遭った気分だった。現代文学会のような喧嘩腰のやり取りはなく、静かで真面目なサークルという印象だった。〈購いし黄菊一輪ぶら下げてはにかみつつも秋の新宿《まち》行く〉という歌を提出した。合評で「新宿をまちと読ませるのは無理がある。『秋の街行く』か『新宿を行く』とすべき」と言われた。その時は細かいこと言うなあと思ったが今なら当然の批判である。

新聞社に入った当初は校閲部勤務で鬱々としており、早稲田で一緒だった島田眞祐君らと同人誌「昧爽」を出した。私は社会部に配属され、文学どころでなくなり、三号で終刊したが、一号に島田君が書いた「冬の守備兵」という作品は文学界でそこそこの評価を受け、それを機に彼は小説を本格的に書き出した。しばらく文学とは無縁の多忙な記者生活が続いたが、入社十四年目に文化部に配属になり読者文芸欄を担当することになった。それで、久しぶりに短歌を作る気になり、それこそ中学生以来二十年ぶりに「にしき江」に復社して投稿を始めた。安永蕗子さん、石田比呂志氏ら熊本の歌人とのお付き合いもこの時始まった。二年後東京支社に転勤になったが、歌作は続け、私の上京を機に二十年ぶりに再刊した『新早稲田派』には小説ではなく短歌を載せた。このころが一番、短歌を楽しんで作っていたと思う。しかし、そんなのんきな時間は三年で終わり、社会部長として本社へ戻ると短歌との縁はまた切れてしまった。

その後また短歌を詠むようになったのは、平成十年に松下紘一郎氏が主宰する「稜」に入会してからで、その間また二十年近いブランクがある。私の短歌遍歴は十代前半、三十代、五十代後半ととぎれとぎれではあったが、綿々と続いてきたと言えるだろう。昨年、「稜」の代表を松下氏から受け継ぎ編集・発行人となった。県歌人協会も副会長兼事務局長を引き受けているほか、公民館二カ所で短歌入門講座を持っている。わが短歌人生はただいまがピークであるようだ。（熊高三三会報　二〇一四年）

あとがき

初めの「歌事片々」は私が編集発行人を務める歌誌「稜」に連載中の小論で、これまでの八十編の中の六十一編を選んだもの。二番目の「彼是みてある記」は熊本県文化懇話会の会報「熊本文化」の編集後記の再録である。私は平成二十五年の一月から三年間編集長を務め、編集後記を三十六回書いた。その中からの二十六編を載せている。編集後記というのは通常は編集雑報だが「熊本文化」の場合は、初代の編集長の安永蕗子さんが旅行記など身辺雑事を書かれたのが伝統になり、好きなことを書いてよいことになっていた。私の場合は文化関係の見学記が多くなったので、冒頭のような題をつけた。最後に置いたのは短歌に関するエッセーで、「熊本文化」や学校関係の雑誌に載せたものの再録である。

出版に際して細心の配慮で「熊日新書」に仕上げていただいた熊日出版の生野雅裕出版部長と渡邊希望さんにお礼を申し上げる。

二〇二〇年　秋　橋元俊樹

著者略歴

橋元俊樹（はしもと　としき）

昭和14年熊本市生まれ。早稲田大学第一文学部国文科卒。

昭和37年熊本日日新聞社入社、編集局長、販売局長、取締役広告・事業担当を経て、平成16年専務取締役を最後に同社を退社。同18年ＦＭ熊本社長。

熊本県文化懇話会前常任世話人。令和元年、熊本県歌人協会会長。歌誌「稜」代表（編集・発行人）。日本歌人クラブ会員。現代歌人協会会員。
◇著作　歌集「橋の眺め」（平成20年）
同「旅愁（たびのおもひ）」（平成27年）
エッセー集「枯木山賑」（平成15年）
コラム集「身小夢大」（平成22年）

歌事片々

2020（令和 2）年 9 月 4 日　第 1 刷発行

著　者　橋元俊樹
発　行　熊本日日新聞社
制作・発売　熊日出版
（熊日サービス開発株式会社出版部）
〒 860-0823　熊本市中央区世安町 172
電話 096（361）3274
https://www.kumanichi-sv.co.jp/books/
装　丁　青井美迪
印　刷　シモダ印刷株式会社

ISBN978-4-87755-611-2　C0295